# 집앓이

HOMESICK

# 집앓이

제니퍼 크로프트 지음
이예원 옮김

밤의책

HOMESICK by Jennifer Croft

Copyright ⓒ Jennifer Croft, 2019
All rights reserved.

Korean edition copyright ⓒ PUNGWOLDANG, 2022
Korean translation copyright ⓒ Emily Yae Won, 2022
Korean translation rights arranged with DON CONGDON ASSOCIATES, INC.
through EYA(Eric Yang Agency)

이 책의 한국어판 저작권은 에릭양 에이전시를 통해
DON CONGDON ASSOCIATES, INC.와 독점 계약한 풍월당에 있으며
번역 저작권은 옮긴이에게 있습니다.
저작권법에 의하여 한국 내에서 보호를 받는 저작물이므로
무단 전재 및 복제를 금합니다.

동생에게

일러두기

1. 이 책은 『HOMESICK』(2019)을 우리말로 옮긴 것이다.
2. 각주는 모두 옮긴이 주다.
3. 인명, 지명 등 외국어 표기는 국립국어원의 외래어표기법을 따르되 관용적인 표기와 동떨어진 경우는 널리 쓰이는 표기를 따랐다.
4. 책, 신문, 잡지 등의 제호는 『 』, 짧은 글이나 시, 영화와 연극, 음반 제목은 「 」로 표기했다.
5. 내용 주의: 자살, 자해, 식이 장애, 성폭행

우리 사진가들은 끊임없이 사라져 버리고 마는 것들,
한번 사라지고 나면 지구상에 존재하는 어떤 장치로도
되돌릴 수 없는 것들을 다룬다.

앙리 카르티에 브레송


사진은 비밀에 대한 비밀이다.
사진이 드러내는 게 많을수록 손에 잡히는 건 없다.

다이앤 아버스

나랑 단어 연습하던 거 기억해?

내가 자, 따라해 봐, 달걀 하고 말하면 넌 몸을 뒤로 젖히고
(그대로 이륙이라도 할 태세로) 날 따라 외쳤어. 달알!
뭐든 힘주어 말해야 직성이 풀리는 오클라호마 사람답게.

그래 놓고도 맞았나 싶었는지 순식간이지만
내 눈치를 살폈어. (순식. 독일어로는 Augenblick,
말 그대로 눈 깜빡임인데, 깜빡이다blink는 오래전부터
별처럼 스치는 빛을 뜻했어.)

그럼 난 인상을 써 보였고, 넌 고개를 돌렸어.

1부

**앓기**

## 엄마는 일어날 법한 모든 재난에 두 아이를 대비시킨다

그래서 에이미와 조이가 아침 시리얼을 먹을 동안 『더 털사 월드』에 실린 헤드라인을 소리 내어 읽는다. 엄마가 신문을 읽어 줄 동안 두 아이는 잠자코 있지만 그렇다고 엄마가 읽어 주는 내용을 귀담아듣는 건 아니다. 다만 언제 어디서나 이 세상에는 재난이 벌어지고 있음을 인지할 뿐이다. 토네이도가 아니어도 세상엔 지진이, 비행기 추락 사고가, 전쟁이 수시로 발생한다. 에이즈 유행병도 한창 돌고 있다는데 사실 에이미도 조이도 에이즈가 뭔지는 모른다. 손을 잘 씻어야 한다는 것만 알 뿐.

　그 외에도 쉬볼레스[1] 이야기가 있는데 쉬볼레스는 말을 잘못 내뱉으면 강도 못 건너고 결국 생죽음 당하고 만다는 뜻이다.

　목욕을 하면서 엄마는 에이미와 조이에게 『굿 하우스키핑』 잡지에 실린 기사를 읽어 준다. 엄마는 절대로 샤워를 하는 법이 없다. 언젠가 영화에서 주인공이 샤워하다

살해되는 장면을 봤는데 피로 흥건한 그 욕실의 광경을 도무지 잊을 수가 없어서다. 엄마는 욕조에 들어가 있는 동안 딸들이 곁에 있어 주는 걸 좋아한다.

더러 가족담을 이야기하기도 한다. 엄마가 사람들 앞에서 늘 하는 이야기가 있다. 주머니형 골목의 맨 안쪽에 살던 정신 산란해진 이웃이 어느 날 자기 식구들을 총으로 쏴서 죽이고 에이미와 조이네 집 뒷마당에 있는 아름드리나무 틈새에 숨어들었던 일화다. 아이들 아빠는 지리학 워크숍 진행차 스틸워터에 가고 없었다. 그래서 엄마가 아빠의 라이플총을 챙겨 두 딸을 보호하기 위해서라면 뭐든 할 각오로 만반의 준비를 해야 했다. 에이미를 침대 밑에 숨기면서 엄마는 무슨 일이 있어도 절대 나오지 말라고 그리고 아무 소리도 내지 말라고 일렀다. 무슨 일이 있어도. 엄마가 반복해 말한다. 사람들 앞에서 이 이야기를 할 때면 엄마는 이 대목에서 꼭 목이 멘다.

조이는 아직 아기여서 엄마 품에 안겨 있어야 했다. 아직 아기이긴 해도 뭔가 잘못됐다는 걸 감으로 알아차렸는지 조이는 통 울음을 그치지 않았고, 에이미와 조이의 엄마는 그 모습을 보면서 홀로코스트 때 발각될 게 두려워 자식들 숨을 틀어막아야 했던 여자들이 절로 떠올랐다고 사람들에게 말한다.

에이미와 조이는 홀로코스트가 유대인들이 아무 이유도 없이 살해되어 숲 한가운데 파 둔 구멍에 내던져진 일이라는 걸 안다.

여하간 엄마는 한쪽 팔엔 울부짖는 조이를, 다른 팔엔 총을 안고 있었다. 그새 경찰이 도착해 남자는 진작에 포위된 상태였다. 이건 TV를 통해 알 수 있었는데 말 그대로 저희 집 뒷마당에서 벌어진 일이기는 해도 총알이라도 날아올 일에 대비해 창문에서 멀찍이 떨어져 있는 게 상책임을 에이미와 조이의 엄마가 모를 리 없었으니까. 실제로 그 혼란한 남자는 총을 계속 쏘아 댔고 그러다가 급기야 경찰을 도우러 건너온 이웃 사람이 총알을 맞는 일이 벌어졌다.

에이미와 조이의 엄마는 매번 이 대목에서 말을 멈추고 청중을 한번 쓱 둘러본다.

그런데 총에 맞은 이웃은 평소 씹는 담배를 즐기는 사람이었다. 총에 맞은 순간에도 마침 담배를 씹고 있었고. 총알이 남자의 뺨에 이 각도로 — 여기서 에이미와 조이의 엄마는 검지손가락을 권총 삼아 자기 뺨을 겨냥한다 — 들어갔는데, 그대로 목구멍에 꽂혀 목숨을 앗아가는 대신 글쎄, 씹는 담배에 박혀 버렸다!

사람들은 이 대목을 항상 좋아라 하는데 에이미와 조이로서는 왜 그런 건지 이해할 수 없는 게 담배도 사람을 죽인다는 걸 에이미와 조이는 이미 알고 있고, 더군다나 총에 맞은 그 이웃 아저씨가 집 앞 포치에 나앉아 커다란 양동이에 시커먼 침을 내뱉는 모습을 노상 보게 되는데 그때마다 아저씨는 늘 뼈와 가죽만 남은 앙상하고 후줄근한 모습에 얼굴에는 보기 흉한 흉터 자국을 하고 있다.

에이미는 이 이야기가 처음부터 끝까지 다 싫다. 침대 밑에 혼자 숨어 있던 것도 도무지 기억나지 않는데 그랬다는 이야기를 하도 많이 듣다 보니 이제는 머릿속에 장면이 그려지고 저절로 그려지다 못해 아예 꿈에 등장할 때도 있다. 에이미의 손이 닿지 않는 곳에서 궤도를 돌 듯 서성이며 울어 대는 조이가.

그 정신 산란해진 남자는 결국 총으로 스스로를 쐈고, 그렇게 죽었다.

1
Shibboleth. 여러 의미를 지니게 됐지만 가장 오래된 뜻은 '소속 집단을 구별하게 해주는 낱말 또는 발음'이며 구약 성서 사사기 12:4-6에 기록된 히브리어 šibbōlet를 어원으로 한다. 홍수, 급류 또는 옥수수자루를 뜻하는 이 단어는 발음을 '원어민'처럼 능숙하게 구사하는지 여부에 따라 '우리'에 속하지 않는 것을 구분해 내는 방편으로 쓰였다. (사사기 12:6 "그에게 이르기를 쉽볼렛이라 발음하라 하여 에브라임 사람이 그렇게 바로 말하지 못하고 십볼렛이라 발음하면 길르앗 사람이 곧 그를 잡아서 요단강 나루턱에서 죽였더라 그때에 에브라임 사람의 죽은 자가 사만 이천 명이었더라".) 길르앗 사람에게는 무사 통행을 가능케 하는 암호, 요즘으로 치자면 여권이나 시민권 증서였다면, 에브라임 사람에게는 사망 선고에 해당하는 단어였다.

## 그래서는 안 된다는 걸 알면서도
## 에이미는 토네이도를 손꼽아 기다린다

한낮임에도 하늘이 검게 변하고 거리는 텅 빈다. 바람이 은단풍나무 잎사귀를 잡아 젖히자 숨었던 은백색 뒷면이 빛을 번득인다.

토네이도 주의보가 내려졌을 때는 다르지만 토네이도 경보가 내려지면 에이미와 조이는 식료품 창고로 들어가 깡통과 가루 제품과 종이 상자 틈에 자리를 잡고 앉아 부모님 중 누군가가 이제 그만 나와도 좋다고 이야기할 때까지 기다린다. 식품 창고는 집을 통틀어 창이 없는 유일한 곳이다. 토네이도가 닥칠 때는 창문에서 멀찌감치 떨어져 있어야 하는데 그건 토네이도가 가장 좋아하는 일이 유리 깨기인 데다 유리가 깨지는 일이 생겼을 때 혹시라도 화장실 창문 밑의 욕조 안에 숨어 있거나 다른 창문 가까운 곳에 앉아 있으면 다치기 십상이기 때문이다.

사이렌이 울리기 시작하면 에이미가 총지휘를 맡는다. 에이미에게는 에이미만의 체계가 있다. 이에 따라 각각 장난감 세 개를 챙기되 그 이상은 챙길 수 없고, 조이에게 맡기면 깨뜨릴 수도 있으므로 손전등은 에이미가 맡는다. 조이는 인형을 두고 늘 미적거린다. 여러 인형 중에서 가장 좋아하는 인형을 골라내자니 영 마음이 안 좋아 그렇다. 그러면 에이미는 살다 보면 선택을 내려야만 하는 법이라고 설명하고, 결국 조이는 선택을 한다. 이따금씩 조막만 한 바지 주머니에 장난감을 숨기려 들 때도 있지만.

    그러다 걸리기라도 하면 조이는 에이미의 얼굴 표정에 따라 깔깔거리며 웃거나 울음을 터뜨린다. 조이는 안 걸리는 법이 없다. 그러면 에이미는 조이를 진정시키고 둘은 올록볼록한 리놀륨 바닥에 무릎을 꿇고 앉아 문을 당겨 닫고 기다린다.

    문이 닫히면 조이의 인형들은 대화를 나눈다. 주로 날씨 얘기다. 에이미는 잠자코 듣기만 한다. 자기 인형들은 가만히 쉬게 두고 동생의 뜨겁고 가쁜 숨결이 목에 닿는 걸 느낀다. 정전이 되지 않은 경우에도 에이미는 조명을 꺼야 한다고 우긴다. 그렇게 앉아 있다 보면 서서히 졸음이 몰려오고 그럴 때면 에이미는 차를 타고 드라이브를 할 때처럼 영영 목적지에 이르지 않으면 좋겠다고, 이대로 계속 달리고 싶다고, 토네이도 경보가 영영 그치지 않으면 좋겠다고 조이와는 달리 생각하고 바란다. 그러나 어느 순간 저장실 문이 활짝 열리고 문틀에 일렬로 걸어 둔 프라이팬과 체와 식칼이 빛을 번뜩이며 당장이라도 고리에서 떨어질 것처럼 몸을 바르르 떨 것이다. 그리고 엄마가 두 팔을 뻗어 조이를 안아 들고는 어딘가로 데려가 버릴 것이다.

이 단어는 어디서 온 단어일까
조이 너도 궁금할 때가 있니?

## 조이가 처음으로 조이이기를 멈춘 건
## 유치원 졸업식 날 아침이었다

에이미는 초등학교 2학년을 막 마쳤다.
    할머니 할아버지가 학교에 오는 일은 아주 드물어서 에이미와 조이는 할머니 할아버지의 이목을 최대한 끌어 보려 앞다투어 이야기를 재잘거린다. 조이는 고양이만 보였다 하면 부리를 내밀고 달려들어 털을 뽑고 뒷마당이 떠나가라 울부짖는 큰어치처럼 꽥꽥거린다. 결국 할아버지가 머리털 뽑힌 정수리가 다 보이도록 허리를 숙여 조이를 안아 들고 놀이터로 데려간다.
    그렇게 찾아온 막간의 평온함 속에서 에이미는 할머니에게 그간 써 온 글을 보여 준다. 스프링 노트 한 권을 채운 단어들. 자세히 들여다볼수록 단어가 뜻을 닮아 간다. 실눈으로 바라보면 나비는 이미 나비다. 바슬대는 지면에 깨작인 글자에 머무르지 않고 마법처럼 하늘로 날아오르는 나비.
    할머니가 눈을 가늘게 뜨고 노트를 들여다보며 와아, 오오 감탄의 소리를 내고 있는데 할아버지가 갑자기 돌아온다.
    에이미는 눈이 휘둥그레져 자리에 얼어붙는다. 모든 게 달라졌음을 에이미는 알 필요도 없이 감지한다.

조이가 머리를 어디 부딪힌 것 같다고 할아버지가 말한다. 할머니가 아유 조이야, 애기처럼 엄살은, 하며 노트를 한 장 넘긴다.

에이미는 노트를 본다. 노트 속 이야기에 등장하는 낱말 동물들이 죄다 고불고불 지렁이로 변신했다. 곧던 줄이 툭툭 끊어진 듯이. 소문자 i와 j 위의 얼룩이 흉하게 부르트는 게 아무래도 실수 같다.

애기라고 불리는 걸 조이가 얼마나 싫어하는지 에이미는 안다. 그런 말을 들으면 조이는 그 자리에서 울며불며 화를 낸다. 뭐든 집어 던질 때도 있다.

그런데 지금 조이는 아무 반응이 없다. 에이미와 눈을 마주치지도 않는다. 동생을 바라보는 에이미의 얼어붙은 몸이 녹아 뜨겁게 달아오른다. 보폭을 최대한 줄여 조이에게 다가가며 동생의 눈길을 끌어보려 한다. 다 다가갈 때까지도 조이가 쳐다보지 않자 에이미는 속삭여 말한다. 나 따라와. 하지만 조이는 대답하지 않는다.

에이미는 두 팔을 뻗어 조이를 아주아주 천천히 품에 안는다. 풀밭을 가로질러 주차장으로 향하다가 잠시 발길을 멈추고 토끼장이 있는 쪽을 가리킨다. 조이는 관심도 안 보인다.

차 안에서 조이가 울기 시작한다. 엄마가 뒷좌석 문을 열고 몸을 굽혀 언니가 속상한 말을 해서 우는 거냐고 묻는다. 에이미와 조이 모두 엄마 말을 못 들은 척한다.

엄마가 차 문을 닫는다. 이제 아무 소리도 들리지 않는다. 안전벨트 버클 위에서 맥동하는 조이의 두 손만 존재할 뿐. 가까이에서 보니 작은 손가락들이 실룩거리고 있다.

이제 에이미는 조이의 얼굴을 살핀다. 뺨에 눈물이 흐르고 있지만 모닥불처럼 환하던 조이의 커다란 두 갈색 눈은 거의 사라지고 없다. 오른쪽 꼭대기에 손톱만큼 남은 눈의 흔적이 고장 난 시곗바늘처럼 한자리에서 부르르 떨고 있다. 그렇다고 조이가 어딘가 바라보고 있는 건 아니다. 그러기에는 두 눈이 너무 없다.

에이미는 자기 몸에 그런 목소리가 들어 있다고는 상상도 못 했던 또렷한 목소리로 할아버지에게 차를 몰라고 말한다.

이제 의사를 보러 갈 거예요. 이 말과 함께 사라졌던 주변의 소리가 돌아온다.

자동차 엔진에 시동이 걸린다. 할머니가 라이터를 딸깍 켜고 연기를 빨아들인다. 할머니가 앉은 좌석 쪽 창문이 스르르 열린다.

할아버지가 백미러로 에이미를 한번 보더니 출발한다.

나무와 집과 거리가 미끄러지며 멀어질 동안 에이미는 조이를 찾으려 얼굴을 살핀다. 하지만 조이는 거기 없다.

또는 어디로 가는 단어일지가?

## 머지않아 의사들이
## 가족을 집으로 돌려보낸다

가벼운 뇌진탕으로 이런 발작이 일어나는 경우가 더러 있다고 의사들은 말한다. 괜찮을 겁니다, 의사들은 말한다. 걱정할 일은 아닙니다, 재발하지 않는 이상은요.

에이미는 그해 여름 동안 초등학교 2학년 공책을 가득 채울 계획이었는데 이제는 자기 손 글씨가 너무 보기 싫고 결국 계획을 포기한다. 그 대신 몇 주 남은 여분의 시간을 할머니가 자기와 조이에게 선물로 준 책을 읽으며 보낸다. 책을 통해 식물은 햇빛을 먹고 살며 우리가 우주로 그냥 떠오르지 않는 이유는 중력 때문이라는 사실을 배운다. 에이미는 자기도 햇빛을 먹고 살 수 없는 이유가 알고 싶은데 예를 들어 브로콜리 대신 햇빛을 먹으면 안 되나 브로콜리도 식물이잖아, 또 그 중력이라는 게 고장 나거나 중단되기라도 하는 경우에는 어떻게 되는지, 그리고 조이가 또 가벼운 뇌진탕을 일으키면 어떻게 되는지 알고 싶다.

할머니는 그야 에이미 너는 식물이 아니니까, 그리고 그런 일은 없을 거며 조이도 그럴 리 없다고 말한다.

**할머니 할아버지 집에 토네이도가 닥쳐도 대낮이 밤으로 변하고 나뭇잎이 거꾸로 치솟고 길에서 차가 사라지는 건 마찬가지인데, 여기서는 복도 벽장에 숨을 수가 있고 그 안에는 아빠가 에이미와 조이 나이였을 때 갖고 놀던 오래된 게임이 잔뜩 들어 있다는 게 다르다**

아빠가 에이미와 조이와 같은 나이였다니 잘 상상이 안 되는데 그럴 만도 한 게 아빠는 키가 180센티미터 넘는 거인인 데다 머리가 흰머리로 가득해서 할아버지 할머니는 에이미와 조이의 엄마가 없는 틈을 타 아빠 머리가 하얗게 셌다고 농담을 하고 그게 다 엄마 때문이라는 말로 다들 웃게 만든다. 에이미와 조이는 엄마한테는 이런 농담을 했다고 말하면 안 되고 실제로도 말하지 않는다.

    할머니 할아버지네 벽장에 숨어 있는 동안은 불을 켜도 좋다고 에이미가 허락한다. 조이가 아직 너무 어려서 벽장에 든 게임 중에 갖고 놀 만한 게 별로 없긴 해도 말이다. 둘은 도미노 게임을 꺼내 놀아 보지만 조이가 규칙을 이해하지 못하고 아직 블록을 쓰러뜨릴 때도 안 됐는데 죄다 쓰러뜨린다. 구슬을 갖고도 놀아 보지만 털이 듬성듬성한 비좁고 네모난 카펫 위에서 구슬로 할 수 있는 것도 딱히 없다. 굴리며 놀아 봤자 잃어버리기 십상이다.

    조이는 매번 오퍼레이션이라는 보드게임을 하자고 주장하는데 오퍼레이션은 구멍 숭숭 샘이라는 환자 몸에 난 여러 구멍에 집게를 넣어 침입자를 제거하고 그렇게 아픈 걸 낫게 하는 수술 게임이다. 대신 손을 아주 조심해서 움직여야 한다. 잘못해서 집게가 구멍 안쪽에 닿기라도 하면 샘의 코에 빨간 불이 켜지며 온몸이 부르르 진동하는데 그러면 게임에서 진 거다. 하지만 조이는 코에 불이 들어오는 게 그렇게 좋다고 깔깔대고 그렇게 한참을 웃고 나서는 역시나 규칙은 나 몰라라 하며 한 번만 더 수술을 망치자고 에이미를 조른다.

　　에이미와 조이가 벽장 밖으로 다시 나오는 걸 할머니와 할아버지는 풀려나기라고 부르는데 풀려나면 상으로 탄산음료와 과자를 받는다. 집에서는 탄산음료를 마시지 못하므로 에이미와 조이는 할머니 할아버지네 있는 동안 마실 수 있을 만큼 마시고 할머니가 책을 읽어 주러 올 때까지 위층 침실의 엄청 크고 널찍한 침대에 올라 방방 뛰어놀다가 짝이 맞지 않는 큼직한 베개들 위로 털썩 또 털썩 쓰러지고, 겨울날 눈밭에 누워 팔다리를 휘저어 눈 천사를 만들 때처럼 이불 천사를 만들며 할머니가 읽어 주는 이야기를 속으로 따라 읊는데 이건 에이미와 조이가 매번 같은 이야기를 고르기 때문이고 그래서 이제 단어 하나 안 빠뜨리고 다 외울 수 있지만 그래도 여전히 할머니가 예컨대 헨젤과 그레텔이 길을 잃는 장면에서 마녀 목소리라도 내면 덜컥 겁이 난다. 이야기가 끝나면 두 아이는 이불 속에서 자세를

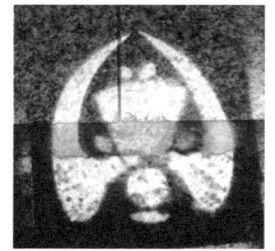

바로 하고 누워 두 손을 몸 양옆에 가지런히 두고, 조이는 언니 옆으로 바짝 몸을 다가와 붙인다.

**에이미는 할머니 할아버지네 방방은 물론 차고와 뒷마당과 앞마당까지 모두 폴라로이드 사진기에 담았고, 저희 집에 없는 계단 사진은 두 장을 찍었다**

그중 한 장은 흰색 철제 난간을 클로즈업해 찍은 사진으로 난간대 하나 걸러 하나마다 콧수염이 난 커다란 S자가 붙어 있다. 난간대는 연말에 먹는 지팡이 모양 사탕에서 흰색과 빨간색 줄무늬를 지우고 구부정한 머리 부분을 부러뜨린 모양을 닮았다. 두 번째 사진은 계단 중간 높이에 뽀로통한 얼굴로 앉은 조이와 반쯤 그늘이 진 조이 뒤로 열려 있는 욕실 문과 욕실 창문으로 쏟아져 드는 밝고 환한 햇살을 담은 사진이다.

 카메라가 생긴 지 4년이 지났고 그동안 에이미는 이 사진 말고도 동생 사진을 쉰한 장 더 찍었는데, 그중 일곱 장에는 작년 크리스마스 때 산타 할아버지가 조이에게 선물한 개도 등장한다. 털이 덥수룩한 스코티시 테리어 종으로 코는 플라스틱 코를 닮았다. 개는 조이와 마찬가지로 천방지축인 데다 먹으면 안 되는 걸 빤히 알고도 죽은 벌레나 실리 퍼티 같은 걸 바닥에서 집어먹는 버릇이 있어서 에이미가 보기에 아무래도 조이에게 나쁜 영향을 미치는 것 같다. 그만두라고 백만 번쯤 얘기했지만 조이가 자기 말은 귓등으로 듣고 여전히 개 간식을 훔쳐 먹고 있다는 것도 안다. 하지만 에이미는 카메라를 통해 이 두 철모르는 야생 동물들을 문명인 만드는 법, 제자리에 가만히 앉아 있도록 가르치는 법을 찾았다. 심지어 죽은 시늉을 하게 만드는 데도 성공한다. 필름 값이 얼마나 비싼지 알기에 에이미는 사진을 찍을 때 신중하고 모든 게 완벽하다 싶을 때까지 개와 동생이 한참 포즈를 유지하게 만든다.

촬영이 끝나면 개는 상상 속의 무언가를 좇아 종종걸음으로 사라져 버리고 에이미와 조이는 사진이 출력돼 나오기를 기다린다. 에이미는 사진 아래쪽 흰 테두리 부분을 쥐고 번들거리는 회색 면에 알록달록한 색깔이 거품처럼 부풀 때까지 살살 흔든다. 두 아이 모두 자기도 모르게 숨을 참는다.

사진이 나올 때마다 조이는 자기가 가져도 되냐고 묻는데 에이미는 허락하는 법이 없다. 그러면 조이는 곧잘 울지만 에이미는 절대 눈물에 설득되지 않을뿐더러 동생에게 뭐가 최선인지 판단하는 자기 능력을 전적으로 확신한다. 이래야 이 사진들을 영원히 간직할 수 있다. 지금 조이에게 사진을 줘 봤자 동생은 보나 마나 개에게 사진을 넘길 테고 그러면 죄다 물어뜯기고 망가질 게 불 보듯 뻔하니까. 헨젤이 숲을 지나면서 나중에 그레텔과 집에 돌아갈 걸 생각해 빵 부스러기를 흘려 가며 길을 표시했는데 애써 만든 그 길을 새들이 전부 집어삼키고 말았던 것처럼.

그래서 에이미는 사진을 비밀 종이봉투에 담아 캠프에서 모아 온 화살촉과 화석을 보관하는 서랍 맨 아래 칸에 몰래 넣어 둔다.

평소 에이미와 조이 사이에는 엄마 몰래 둘이서만 간직하는 비밀밖에는 없다.

이건 둘 사이에 생긴 최초의 비밀이다.

예를 들어 rest(쉬다, 휴식)라는 단어는 한때 '여행자가 잠시 여로를 멈춰야 하는 얼마간의 공간적 거리'를 의미했어. — 내가 이제서야 이 편지를 쓰고 있는 것도 어쩌면 그런 멈춤에 해당하는 걸 수 있겠네. (그나저나 이 사진과 저 특이한 단어는 이곳 베를린의 어느 묘지에서 건진 거야.)

*Pflanzenabfälle: 식물 낙하물, 즉 수목 폐기물

## 매해 여름, 에이미와 조이는 캠프 카운슬러로
## 일하는 엄마를 따라 왈루힐리 여름 캠프에 간다

왈루힐리 캠프는 캠프 파이어 걸스 단원들을 위한 여름 캠프로, 캠프 파이어 걸스는 걸스카우트와 비슷하면서도 좀 다르다. 에이미와 조이가 다섯 살과 두 살이었을 때나 여섯 살과 세 살이었을 때, 심지어 일곱 살과 네 살이었을 때도 캠프에 참가하기엔 사실 너무 어린 나이였지만 엄마는 아이들에게서 한시도 눈을 떼지 않겠다고 캠프 측에 약속했다. 캠프에는 늘 조심해야 할 것들이, 뱀이며 거미며 전갈 같은 온갖 독이 있는 것들이 득실댄다. 까딱하면 죽을 수도 있다.

두 아이는 엄마가 이런 말을 할 때면 고개를 끄덕이지만 속으로는 전혀 개의치 않는다. 이제 여덟 살과 다섯 살이 된 두 아이는 풀밭 위를 빙글빙글 뛰어다니다가 더 이상 뛸 힘이 없으면 밝고 노란 꽃들 위로 털썩털썩 쓰러져 숨넘어갈 듯 웃고 또 웃는다.

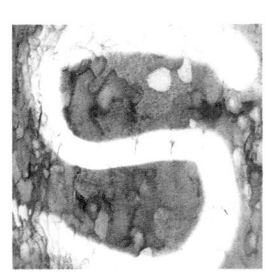

에이미는 매듭을 매는 법을 배우고 단숨에 익힌다. 방향에 대해 배우고 나서는 조이에게 하나씩 알

려 주며 따라해 보라고 시킨다. 노스, 이스트, 사우스, 웨스트. 네버, 이트, 소기, 와플스 — 눅눅한 와플은 먹지 않는다 — 이 문장을 외워 두면 단어 머리글자로 NESW(북동남서) 네 방향을 쉽게 기억할 수 있다고 설명하지만, 조이는 아직 그런 것까지 다 기억하지는 못한다. 에이미는 불을 피우는 법을 배운다. 우선 나뭇가지 세 개로 대문자 A 모양을 만들고 — 이건 기억하기 쉽다 — 그 한가운데 불쏘시개를 올려놓으면 되는데, 공기가 있어야 불이 붙으니 너무 많이 올리면 안 된다. 장작에 불을 붙이는 건 엄마가 못하게 하지만 캠프의 나이 많은 언니들과 모닥불 주위에 둘러앉아 마시멜로를 녹여 스모어를 만들어 먹는 건 에이미도 조이도 해도 된다. 조이는 마시멜로를 녹여 먹는 것보다도 에이미의 다리에 대고 문지르는 걸 더 재밌어 하지만. 그래 놓고는 꼭 더 달랜다.

  두 아이는 헤엄치는 법을 배운다. 에이미의 길쭉한 몸이 물 만난 물고기처럼 물에 빠져든다. 조이는 코로 물을 들이켜며 자꾸 가라앉는다. 두 아이는 헤엄치기를 포기한다. 대신 풀밭에서 공중제비를 넘는다. 술래잡기 놀이를 한다. 한참 찾아봐도 조이가 안 보이면 에이미는 조이의 이름을 부르거나 무전기 놀이를 할 때처럼 여기는 A, 응답하라 Z, 여기는 A, 응답하라 Z 오버를 반복하고 이제 사진 찍을 시간이라고 말한다. 에이미는 조이를 나무 틈에 세워 두고 사진을 찍는다. 놀다 보면 곧잘 엉키는 동생의 밝고 긴 머리카락을 정돈해 준다. 가끔 찍는 척 시늉만 할 때도 있다.

에이미는 해만 쪼였다 하면 주근깨가 생기고 조이는 피부가 탄다. 두 아이는 에이미의 왼팔에 난 주근깨 수를 세어 본다. 스물일곱 아니면 스물여덟 개, 아니 스물아홉 개인가, 세다 보면 꼭 헷갈린다. 오른팔은 엄두도 못 낸다. 에이미와 조이는 각자 자기 팔꿈치를 유심히 살핀다. 팔꿈치는 왜 있는 거냐고 엄마에게 묻는다. 팔을 굽히기 위해서라고 엄마가 말한다. 두 아이는 풀밭에서 공중제비를 넘어보려 하지만 팔꿈치 때문에 실패한다. 조이가 에이미보다 더 열심이다.

　　에이미가 조이에게 화살촉과 화석을 찾는 걸 도우라고 시킨다. 조이는 평범한 돌멩이를 찾아와 에이미에게 보여 주며 화석이 맞는지 묻는다. 에이미는 백악기에 대해서도 알고 공룡이 무슨 색이었는지는 이제 와 알 길이 없기 때문에 아무 색으로나 원하는 대로 상상할 수 있다는 것도 안다. 심지어 핑크색, 핫 핑크색도 될 수 있다. 핫 핑크는 에이미가 가장 좋아하는 색깔인 척하는 파란색과 달리 진짜로 가장 좋아하는 색이다. 에이미가 가장 좋아하는 공룡은 브론토사우루스다. 에이미는 화살촉은 왈루힐리에 인디언들도 살던 시절 먹잇감 사냥에 쓰였다고 조이에게 설명한다. 매해 여름 두 아이는 화살촉을 하나 정도는 꼭 찾아내는데, 찾아내기까지 엄청 고생해야 한다. 화살촉은 아주아주 작아서 풀 사이사이와 흙 안쪽까지 열심히 들여다보며 찾아야 한다.

　　이 지역에서 나오는 화석은 조가비 화석이고 이건 아주아주 오래전 여기가 전부 물 아래 잠겨 있었기 때문이다. 가끔씩 바다 식물의 모양이 남은 화석도 나온다. 조가비 화석은 오늘날의 조가비와 생긴 게 똑같다. 에이미와 조이가 이걸 아는 건 할머니에게 조가비를 수집하는 취미가 있어서다.

엄마가 두 아이를 데리고 낚시를 간다. 그런데 단어 중에는 제 뜻과는 다르게 쓰이는 단어들이 많고 예를 들어 낚시를 해서 잡은 물고기를 엄마가 깨끗하게 손질할 때가 그렇다. 에이미는 깨끗하게 한 물고기는 먹지 않겠다고 그날 밤은 스모어 말고는 입에 아무것도 안 대겠다고 우기며 손질한 물고기를 강제로 먹게 만들면 도망치겠다고 으른다. 조이도 에이미를 따라 하더니 그 김에 스모어를 마음껏 주워 먹는다.

가끔은 다른 캠프 참가자들과 레드 로버[2] 놀이나 줄다리기 놀이를 할 때도 있다. 나이 많은 언니들은 줄다리기 조를 짤 때 에이미를 뽑고 싶어 하는데, 이건 에이미가 한번 잡은 줄은 ― 몸이 진흙투성이가 되는 한이 있더라도 ― 절대 놓지 않는다는 걸 알아서다. 조이는 줄다리기보다는 레드 로버를 잘하는데 그건 레드 로버가 마음껏 날뛰며 인간 미사일처럼 굴기에 더 좋은 놀이여서이기도 하고, 몸집이 워낙 작아서 기습하듯 상대편 틈을 뚫고 들어갈 수 있어서이기도 하다.

에이미는 이제 활쏘기를 배워도 된다는 허락을 받는다. 이에 잔뜩 토라진 조이는 다른 정신 팔릴 만한 일이 나타나기까지 한참을 투덜거린다. 캠프에는 나비와 새가 지천이다. 나이 많은 언니들은 늦게까지 안 자고 돌아가며 귀신 얘기를 하지만 새들이 일어나는 시간에 일어나기를 좋아하는 에이미는 베개로 귀를 틀어막는다. 아침 일찍 나가면 파랑새를 보기도 하고 심지어 풍금새를 볼 때도 있다.

2
'우리 집에 왜 왔니(꽃 찾기 놀이)'와 놀이법이 유사하지만, 가위바위보를 하는 대신 상대편 대열을 몸으로 비집고 들어가야 한다.

## 에이미는 조이가 가출할 때 챙기는
## 작고 빨간 여행 가방 사진을 찍는다

조이는 일주일에 한두 번은 가출을 한다. 개를 데리고 집을 나서 비식용 열매가 달려 아빠가 여름 끝자락마다 낙과를 일일이 주워 내버려야 하는 서양배나무 아래 자리를 잡는다. 배나무는 앞마당과 뒷마당 중간 지점인 무인 지대에 있는데 조이는 아무도 거기까지 자기를 찾으러 오지 않을 거라고 믿는다.

     조이가 가출하는 데 걸리는 시간은 늘 15분에서 20여 분으로 그 시간 동안 조이는 캐리어 가방에 담아온 플라스틱 동물 모형을 갖고 놀거나 준비해 온 식량을 자기와 개 앞에 똑같이 배분한다. 개에게는 양고기와 야채 맛이 나는 갈색 간식을 준다. 자기 몫으로는 닭고기 맛이 나는 초록색 간식을 나눈다. 땅콩버터는 둘이 나눠 먹는다.

     동물 모형과 밀크 본스 간식이 든 캐리어 가방에는 흰색 말뚝 울타리 앞에 선 여자아이 그림이 작게 새겨져 있다. 여자아이의 머리 위에는 '할머니 집에 가는 길'이라는 말이 적혀 있다.

     하지만 에이미가 찍은 사진에는 이 여자아이가 보이지 않는데 그건 에이미가 가방이 아니라 안에 든 내용물에 관심이 있기 때문이다. 그래서 조이가 화장실에 간 동안 가방을 딸깍 열어 둘이 나눠 쓰는 구겨진 별자리 무늬 이불보 위에 활짝 젖혀 본다. 폴라로이드 카메라를 가방에 들이대지만 전부 담기지 않아 침대 위에 올라서서 가방을 아래 둔 채로 카메라를 다시 들이대고 둘째손가락으로 재빠르게 셔터를 당긴다.

조이는 자기가 소장한 하고많은 플라스틱 동물 모형 중에서 코끼리 하나와 기린 가족을 골랐다. 또 밀크 본스 간식이 든 작은 곽 외에도 칫솔 한 개, 정겨워 보이는 상어가 발목 주위를 어슬렁거리는 양말 한 짝, 도로시와 강아지 토토가 얼굴을 나란히 붙이고 먼 곳을 바라보는 5X7인치 액자에 든 흑백 사진 한 장을 챙겼다. 에이미는 가방 내부 면적의 상당한 비율을 차지하는 이 사진을 보면서 동생이 왜 가출할 때마다 가라지 세일에서 산 이 쓰레기에 불과한 물건을 굳이 챙기는 걸까 의아해한다.

그때 조이가 화장실에서 돌아오는 바람에 에이미는 가방을 열고 매트리스에 올라 소지품을 내려다보던 자세 그대로 들통이 난다. 조이는 밴시 귀신처럼 악을 쓰며 비명을 질러대다가 에이미가 열대 과일 펀치 맛 껌을 하나 건네자 그제야 잠잠해진다.

마찬가지로 dwell(머물다)이란 말은 한때
잘못된 방향으로 이끌다, 미혹하다를 뜻했어.
(이 사진은 우리가 파리에서 살던 집에서
길모퉁이 하나를 돌아 찍은 사진이야.)

## 에이미는 가는 곳마다 사진을 찍는다

가족 여행차 간 네브래스카주 링컨에서는 자연사 박물관의 공룡 사진을 찍는다. 조이는 자기도 같이 찍어 달라고 꼭 조르고 에이미는 대부분 그러라고 하지만 이따금씩 안 된다고 할 때도 있다. 그러면 조이는 울기 시작하고 다른 누군가가 같은 자리에서 사진을 찍어 줄 때까지 그치질 않는다. 그에 비해 에이미는 사진 찍히는 걸 싫어하고 포즈를 잡아 보라고 부추기는 말에도 웬만해서 웃지 않는다.

에이미는 공룡은 좋아하지만 박제한 올빼미는 싫고 죽은 거라 징그럽다고 한다. 공룡도 죽은 거건 마찬가지지만 그래도 공룡은 거의 바위나 다름없으니 경우가 전혀 다르다. 조이는 에이미가 죽었다, 징그럽다 같은 말을 쓸 때마다 얼굴을 찌푸린다. 혀를 내밀고 작은 코를 찡그린다.

에이미와 조이의 다른 쪽 할머니 할아버지는 오클라호마주와 네브래스카주 사이에 있는 캔자스주에 사는데 엄마는 돌아가는 길에 들러 인사할 생각은 추호도 없고 둘 다 재수 없다고 말한다. 아빠가 아이들 앞에서 나쁜 말 말라고 한다.

 네 식구는 오클라호마주 포터에서 열린 포터 복숭아 축제에 가고 에이미는 복숭아 사진을 찍느라 여념이 없는데 그러다 개가 도망치는 바람에 다들 개를 뒤쫓아 뛰어야 한다. 대신 개를 찾은 뒤에는 다 같이 싱싱한 복숭아와 바닐라 아이스크림을 먹는다. 심지어 개도 복숭아를 먹는다. 네 사람 다 땀에 절고 냄새 나고 당을 충전한 채로 집에 가는 길에 에이미와 조이와 엄마는 아빠가 라디오를 켜기 전까지 캠프에서 배운 노래를 하나씩 연이어 부른다.

 오클라호마주 털사에서 열린 지방 축제에서 에이미는 롤러코스터와 콘도그와 솜사탕을 파는 가판대와 솜사탕이 거미줄처럼 머리에 들러붙은 조이 사진을 찍는다. 조이는 아빠가 솜사탕을 새로 사 줄 때까지 울음을 멈추지 않는다. 축제장에는 동물을 만질 수 있는 페팅 동물원도 있어서 에이미와 조이는 농장 동물들에게 먹이를 주는 경험을 하는데, 조이가 자꾸 알팔파 사료 펠릿을 먹으려 드는 바람에 엄마가 옆에서 자꾸 뺏어야 한다. 엄마가 먹이를 압수할 때마다 에이미는 깔깔대며 웃고 조이는 눈이 휘둥그레진다.

 진짜 동물원에서 에이미는 플라밍고처럼 한 발을 반대쪽 무릎 뒤에 끼우고 서는 법을 배우고 조이가 프레리도그 우리 주위를 열 번 넘게 돌 동안 내내 이 자세로 새들을 본다.

 두 아이는 집에서 두 건물 건너 있는 털사 교직원 공제회 건물이 문을 닫았을 시간이고 아빠도 같이 갈 수 있는 날이면 공제회 주차장으로 자전거를 타러 간다. 에이미도 조이도 이제 아기가 아닌데 아빠는 오래된 초록색 슈윈 자전거에 여전히 유아 안장을 붙이고 다니고, 자전거를 타러 셋이 나가는 길에는 엄마한테 그럼 우린 슈윈과 함께 사라진다, 라고 매번 말한다. 셋은 공제회 주차장 한가운데 있는 큰 기둥 주위를 빙빙 돌거나 쓰레기통에서 건물 입구까지 달리며 경주를 한다. 인도 위까지 올라가야만 이긴 걸로 인정이 된다.

최근 들어 조이가 보조 바퀴를 떼고 싶다는 말을 자꾸 하는데 그때마다 에이미는 넌 보조 바퀴를 달고도 넘어질 방법을 찾아내지 않느냐고, 헬멧이 아니었으면 그새 뇌진탕으로 수천 번은 죽었을 거라고, 게다가 조이는 아직 다섯 살하고 4분의 1밖에 안 됐지만 에이미는 벌써 거의 여덟 살 반이나 됐고 그런 자기도 작년에나 보조 바퀴를 뗐다고 말한다. 하지만 그러거나 말거나 조이는 계속 보조 바퀴 타령이다.

조이에게는 한 번 하는 걸로는 부족해서 이미 한 말을 끊임없이 반복해야 한다. 에이미는 조이에게 주스를 남기지 말고 다 마셔라, 신발 벗지 말아라, 우리 방 분재에 물 주지 말아라 안 그러면 저번처럼 물에 빠져 죽는다 등등의 말을 수시로 되풀이해야 한다. 어린애를 돌보는 건 정말이지 피곤한 일이다. 엄마 아빠는 대개 다른 데 신경이 팔려 있기 마련이라 에이미가 자기 시간이 남아나지 않아도 그 일을 맡아야 한다.

네 식구는 부족 연합의 연례행사인 파우와우를 보러 체

로키카운티에 있는 탈레콰란 도시에 가고, 에이미는 하늘에 닿을 만큼 키가 큰 진짜 티피 천막을 사진에 담는다. 인디언들은 가죽끈이 달리고 터키석 구슬과 깃털과 원 모양 상징이 달린 가죽 드레스를 입는다. 깃털은 인디언 아이들도 입을 수가 있다. 체로키족에게는 온갖 의미를 지닌 온갖 상징이 있다. 에이미는 그 상징을 모조리 다 배우고 싶다. 에이미는 조이와 몰래 나눠 쓸 상징들을 발명하기 시작한다. 그럼 엄마의 간섭 없이 서로 쪽지를 주고받을 수 있다.

엄마는 에이미와 조이에게 캠프 왈루힐리의 다른 카운슬러 중 한 명이 전에 검은과부거미에 물렸는데 그때 독이 어찌나 빨리 퍼졌던지 결국 다리를 일부 절단해야 했다고 말한 적이 있다. 졸지에 다리에 구멍이 난 그 여자는 비밀 쪽지 같은 걸 구멍에 넣어 다니기 시작했다고 한다. 에이미는 이 이야기를 비틀어 본다. 비밀 서신을 주고받는 데 독거미에 물리거나 특별한 장소가 있어야 하는 건 아니다. 필요한 건 단지 비밀 요소를 모은 체계, 비밀한 모양과 형태들로 짠 망이다.

그래서 에이미는 개와 집과 엄마와 아빠, 할머니 할아버지와 배고파와 목 말라, 크루엘라 드 빌과 가필드와 래기디 앤 인형과 래기디 앤디 인형, 대형마트인 타겟과 라디오를 뜻하는 상징을 조이에게 알려 주고 이를 반복해 그리도록

시킨다. 공룡의 상징은 공룡인데 이건 에이미가 그보다 나은 걸 생각해 내지 못해서다. 조이는 처음에는 성실하게 연습을 하더니 곧 개와 놀겠다며 사라지고, 에이미는 조이가 바닥 여기저기 남겨 놓은 낙서에 가까운 흔적들을 하나씩 집어 들며 할머니에게서 배운 풍선 바람 빼듯 천천히 토해 내는 느린 한숨을 내쉰다.

제아무리 간단한 단어도 비밀을 간직하고 있기 마련이야.
당연하게 받아들일수록 속을 드러내지 않는 게 단어거든.

**방학이 끝나 에이미와 조이가 학교로 돌아가기 전날 밤,
엄마는 아이들에게 섹스가 뭔지 설명해 주고는
자동차 사고로 다리에서 추락한 여자에 관한
기사를 읽어 준다**


『굿 하우스키핑』에 따르면 자동차 사고로 다리에서 추락하게 되는 경우 당신은 남편을 최대한 살리려 들어 그이만은 물에 빠져 죽는 일이 없도록 해야 하는데, 그 이유는 남편이 있으면 아이를 더 만들 수 있는 반면 아이를 구조하면 아이를 더 가질 방도가 없어서다. 에이미와 조이의 엄마는 이에 대해 자주 생각한다. 네 식구가 자동차 사고로 다리에서 추락할 경우 누구를 살릴 것인가에 대해. 에이미와 조이는 둘만 있을 때 숨을 최대한 오래 참는 연습을 하기 시작한다.

**에이미와 조이가 폴 사이먼의 「그레이스랜드」
음반에 맞춰 거실에서 신나게 춤을 출 동안,
주방에서는 엄마가 아이들이 9월 노동절 기념으로
학교에 가져갈 오트밀 퍼지 간식을 만들고 있다**


조이가 「아이 노우 왓 아이 노우」를 다시 듣고 싶다고 바늘을 들다가 음반을 긁고 만다. 에이미가 달려들어 조이 손에서 음반을 가로챈다. 몸싸움이 벌어진다. 조이가 울음을 터뜨린다. 음반을 쥔 에이미의 손에서 힘이 빠진다. 조이가 코를 훌쩍이며 입술을 뾰로통하게 오므리고 「그레이스랜드」와 언니의 얼굴을 번갈아 바라본다.

 이윽고 몸을 홱 숙이더니 언니 손에 들린 음반을 잡아채 있는 힘껏 당기기 시작하고 그러다가 음반이 뚝 하고 반으로 부러진다.

 얼떨떨한 정적이 흐른다. 곧 엄마가 나타나 도서관에서 빌려 온 음반인데 이제 벌금 내게 생겼다며 방으로 가라고 소리칠 테지만 당장 닥친 이 느닷없는 정적 속에서 조이는 에이미를 쳐다보고 에이미는 앞을 쳐다본다. 흰 벽에 두 줄로 걸어둔 여덟 장의 벽 접시를 본다. 접시마다 유령 선박의 그림이 새겨져 있다. 배가 흔적도 없이 가라앉아 바다로 사라지고 마는 걸 유령 선박이라 부른다고 엄마가 설명해 줬다. 사람으로 치자면 죽긴 죽었는데 땅에 묻히지 않은 사람과 같은 거라고,

배가 유령이 되어 버리는 거라고 했다. 불붙은 채 바다 위에 둥둥 떠 있는 이런 유령 배의 모습이 간혹 뱃사람들 앞에 나타나는 때가 있다고 했다. 접시 여덟 장 중 여섯 장은 절반이 밝은 주황색 불길에 뒤덮여 있다.

  몇 초 전으로 돌아갈 수만 있다면 에이미는 동생과 힘을 모아 저 접시들을 전부 깨부술 테다. 저희가 너무나 아끼고 사랑했는데 이제 영영 다시 갖지 못하게 된 음반 대신, 저 접시들을 하나하나 깨뜨리고 싶다.

고대 그리스에서 scruple(거리낌)은 신발 속에 굴러든
자갈을 뜻하는 단어였어.

## 에이미는 자기 학년에서 키가 제일 크고
## 빠르기도 가장 빠르며 산수를 제일 잘하는 학생이다

출석을 부를 때도 이름이 가장 먼저 불리고 전 과목에서 늘 A 성적을 받는다. 에이미네 학교는 일본식 산수인 구몬 산수를 교재로 쓰는데 구몬 산수에서는 한 시간 동안 정해진 개수의 문제가 아니라 원하는 만큼 문제를 풀 수 있다. 에이미는 실수 없이 최대한 많은 문제를 풀기 좋아한다. 에이미가 구몬을 펼치는 순간 주위의 애들은 사라진다. 오로지 숫자만이 존재한다. 에이미는 숫자와 글자를 워낙 좋아해서 글씨를 더 잘 쓰겠다고 저녁마다 집에서 숫자와 글자 쓰는 연습을 한다.

하루는 긴 나눗셈을 풀고 있는데 에이미를 에워싼 투명 풍선 안으로 손이 쓱 비집고 들어오더니 에이미의 손을 붙든다. 에이미는 자기도 모르게 헉 하고 소리를 낸다. 고개를 들어 보니 교장 선생님이 서 있다.

교장 선생님이 자리까지 찾아온다는 상상만으로도 질겁할 학생들이 많겠지만 에이미는 워낙 행실이 발라 걱정할 생각도 못 한다. 그래서 교장 선생님이 잠깐 밖으로 나와 보겠냐고 묻자 예의 바르게 거절한다. 그러다 교장 선생님의 기가 찬 듯 경악한 눈을 보고서야 연필을 내려놓는다.

## 구급차 안에서 에이미의 동생이 귀신에 씌다

엄마가 슈퍼히어로만큼 힘이 세져서는 동생의 몸을 꼭 붙든다. 에이미와 조이는 구급차나 소방차나 경찰차에 타면 엄청 재밌을 거라고, 속도도 마음껏 내고 규칙도 다 어기고 신호등도 안 지켜도 될 거라고 상상했다. 그런데 이제 조이는 조이가 아니고 모든 게 잘못됐다. 조이가 자기가 토하는 것도 모르고 토하기 시작하고 턱으로 흘러내린 토사물이 한때 에이미가 가장 좋아했던 라벤더색 원피스 위로 뚝뚝 떨어져 구급차에서 일하는 여자분이 수건으로 닦아 주지만, 깔끄러운 수건에 동생 얼굴이 긁히기라도 할까 봐 마음이 조마조마하다.

지난번과 달리 조이의 눈이 하얗다. 조이가 지워진 것 같다. 조이의 몸이 한쪽으로 치우치며 도무지 사람의 리듬 같지 않은 리듬으로 경련한다. 에이미는 조이야, 조이, 조이 하고 비명을 지르지만 조이는 더 이상 없다. 엄마가 화를 내며 입 다물라고, 너 때문에 더 탈 나게 생겼다고 말한다. 그때부터 에이미의 몸을 이루는 근섬유와 신경섬유가 일제히, 그리고 소리 없이 악을 쓰기 시작한다. 조이, 조이야, 조이.

오, 조이.

## 구급차는 할머니 할아버지네 집 근처
## 분홍색 병원으로 세 사람을 데려간다


구급차 밖으로 우르르 쏟아져 나온 뒤에야 에이미는 병원을 알아본다. 이 병원은 지난번 그 병원이 아니고 이번에는 조이와 엄마가 에이미는 아예 못 들어가는 비밀 방으로 도망쳐 버린다. 간호사들이 에이미보고 앉아서 기다리라고 말한다.

에이미는 앉아서 기다린다. 얼굴에서는 소금 맛이 나고 티셔츠는 목 주위가 푹 젖어 살에 들러붙는다. 에이미는 무릎에 올린 두 손을 꼭 쥐었다 편다. 주위를 둘러보니 방 가득 꼬질꼬질한 모습을 한 사람들이 누렇게 뜬 얼굴과 바르지 못한 자세로 앉아 있다. 에이미는 동생을 찾으러 가고 싶지만 앉아서 기다리라는 말대로 안 했다가 다시는 동생을 못 보게 될까 봐 무섭다. 에이미는 무릎에 놓인 두 손을 내려다본다. 하얗게 질린 관절, 붉으락푸르락한 피부. 그때 맞은편에 앉은 나이 많은 남자가 울기 시작하고 그러자 에이미는 눈가가 마르는 동시에 저 사람 손을 잡아 주고 싶다고 생각하지만 혹시 세균이라도 있으면 어쩌지 싶어 무섭고 앉아서 기다리지 않았다고 혼이 날까 봐, 그리고 다시는 동생을 못 보게 될까 봐 무섭다.

오 조이. 나는 절대 그럴 리 없을 거라고 굳게 믿던 일을
알고 보니 내가 벌써 저질렀다면, 그건 뭘 뜻할까?

## 자동차 사고로 다리에서 추락할 경우 자기가
## 어떻게 대처할지 에이미는 정확히 안다


먼저 동생의 좌석 벨트를 끄르고 이어 자기 좌석 벨트를 끄르는 동시에 자기 쪽 창문을 내릴 것이다. 그러고는 둘이 같이 창밖으로 헤엄쳐 나갈 거고 강물 꼭대기에 닿는 순간까지 절대 서로의 손을 놓지 않을 거다. 겨울이라도 수면의 얼음쯤 발로 걷어찰 수 있다는 사실을 에이미는 알고 있다. 게다가 강 가운데는 얼음이 아주 두껍지도 않고 오히려 강 언저리에 몰려 있기 마련이라는 것도 안다.

**엄마는 종종 자장가를 불러 주는데
에이미는 엄마가 노래를 하는 건 좋지만
엄마가 부르는 노래는 싫다**



조이는 가사를 듣지 않지만 에이미는 듣는다. 조이는 늘 배가 나오는 자장가를 불러 달라고 하는데, 그 노래의 가사는 이렇다.

오 바다를 항해하던 근사한 배 한 척 있었네
황금빛 허영호라 불리던 그 배는
터키인 적들의 손에 붙들릴 걸 두려워하며
낮고 낮은 저지대 바다를 항해했다네

어느 날 배에서 일하던 소년이 선장을 찾아가
제가 터키인들 배에 몰래 다가가
낮고 낮은 저지대 바다에 적을 가라앉혀
무찌르고 오거든 무얼 주시겠냐고 물었네

오 그런 배짱이라면 기꺼이 금화와 은화를
자네에게 주고 내 딸과의 결혼도 허락하겠네
자네가 터키인 적들의 배에 몰래 다가가

낮고 낮은 저지대 바다에 가라앉히고 온다면

그 말을 듣자마자 바다로 뛰어든 소년은
터키인 적들의 배로 몰래 헤엄쳐 갔고
드릴과 송곳으로 구멍을 한 둘 셋 뚫어
낮고 낮은 저지대 바다 깊이 가라앉히고 말았다네

황금빛 허영호로 다시 헤엄쳐 돌아간 소년이
갑판으로 올려 주세요 선장에게 외쳤지만
딸을 내줄 수 없었던 선장이 귀를 닫아버리니
낮고 낮은 저지대 바다에 소년 혼자 남겨졌다네

선원들이 살리려 들었지만 소년은 죽고
이에 커다란 돛으로 그의 몸을 감싸
썰물에 멀리멀리 나아가라며 바다로 던졌지만
낮고 낮은 저지대 바다 깊이 그대로 가라앉고 말았다네

마지막 절에 이를 즈음이면 에이미는 속이 메슥거려서 강아지 무늬 이불과 엄마의 엄마가 만든 두툼하고 따끔거리는 퀼트 아래에서 몸을 이리저리 뒤치는데, 눈치채는 사람은 아무도 없다.

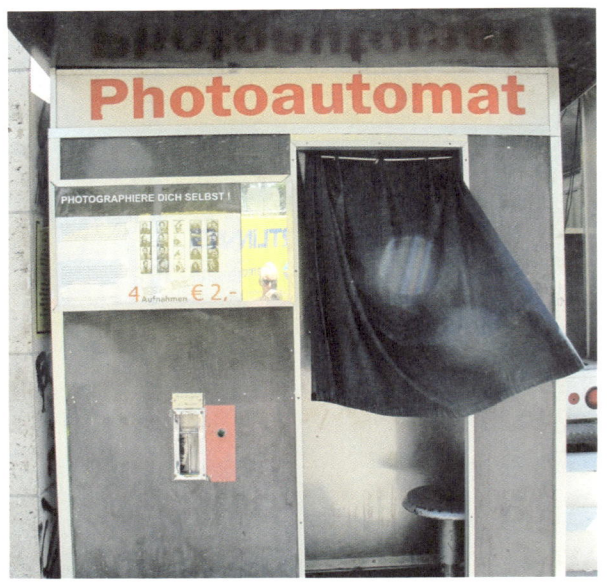

이제 와 그 시절의 나를 이해하는 건 너무 어려운 일이라 모든 게 시작된 순간으로 거슬러 가고 싶곤 해. 내가 개수대에서 검은색 원피스에 불을 질렀던 그날 오후가 시작점이 아니었을까 종종 생각해.

## 뭐가 잘못된 건지 말해 줄 수 있는 사람이 심지어 병원 의사들 중에도 없고, 앞으로 한동안은 이런 상태로 살아야 할 것이다

엄마는 이게 다 의사들이 아무것도 몰라서라고 말하지만 이 말에 아빠가 레슬리, 라고 한마디 한다. 아무것도 모르는 건 엄마라는 식으로.

병원에서는 터널에 들어가 의사들이 뇌 사진을 찍을 동안 움직이지 않고 가만히 누워 있어야 하는 검사 등 이런저런 검사를 한다. 에이미는 MRI와 CAT 촬영이 어떻게 다른지 배운다. MRI가 더 비싸다는 것도 알지만 그래도 해야만 한다. 터널 안에 아주 강력한 자석이 들어 있다는 사실도 아는데 이건 그 방에 들어가기 전에 귀걸이를 빼야 하기 때문이다.

처음에는 그 방에 에이미는 들어오지 못하게 한다. 처음에는 아빠와 같이 밖에서 기다려야 한다. 에이미는 손 글씨를 연습해 보지만 이제는 연필심이 자꾸 부러진다.

그런데 조이가 가만히 누워 있지를 않는다. 처음에는 가만히 있게 만든다고 주사를 놓았지만 조이가 주사를 맞는 게 너무 무섭고 싫어서 안 맞게 해 달라고 빌고 빌고 빌고, 결국 간호사들이 주삿바늘을 다 거두어 간다. 그때부터 에이미가 동생과 같이 방에 들어가게 된다. 에이미는 조이에게 해 줄 똑똑 누구세요 농담도 많이 안다. 똑똑, 누구세요, 나야 나 문어 러 줘도 있고 똑똑, 누구세요, 나야 나 오렌지만이지, 똑똑, 누구세요, 바나나 반갑나도 있다.

에이미는 이제 사진을 찍지 않지만 병원에서 조이의 피를 뽑아야 할 때만은 개 사진을 찍어서 조이에게 보여 주려 가져온다. 개를 데려오는 건 병원이 허락하지 않는다. 조이가 피를 뽑히는 일은 세상에서 가장 끔찍한 일이다. 에이미는 이때다 싶은 순간에 조이에게 찍어 온 사진을 보여 줘야 한다. 간호사가 주삿바늘을 밀어 넣기 바로 직전에. 간호사가 조이의 팔에 회색 끈을 감기 시작해 바늘이 살에 닿기까지의 짧은 찰나 가운데 딱 맞는 순간을 골라야 한다는 말이다. 에이미는 자기가 타이밍을 정확히 맞추기만 하면 조이가 지금 벌어지고 있는 일을 깡그리 잊을 수 있다고 믿는다.

하지만 에이미는 타이밍을 정확히 맞추지 못한다. 항상 너무 빨리 보여 주거나 너무 늦게 보여 준다. 조이는 계속 울고 아프게 하지 말아 달라고 간호사들에게 애원한다.

병원에서 피를 하도 많이 뽑아 간 탓에 조이는 두 팔이 다 멍들었다. 에이미는 불룩해지는 주머니에는 눈길을 주지 않는다. 주머니를 쳐다보면 몸이 하늘로 둥실 떠오르는 동시에 당장이라도 바닥으로 주저앉아 버릴 것만 같다. 하지만 주저앉아서는 안 된다, 그러면 조이는 어떡하라고.

조이는 계속해서 발작을 일으키고 구급차는 아주 비싸므로 이제 식구들은 자동차를 타고 병원에 간다. 에이미는 뒷좌석에 동생과 나란히 앉아 조이가 아직 거기 있다고 스스로를 설득해 본다.

## 하루는 두 집 아래 사는 이웃이
## 조이와 개를 길에서 발견한다

조이는 한 손에는 빨간 캐리어 가방, 한 손에는 훌라후프를 들고 집으로 돌아온다. 심문을 받자 서커스단을 찾으러 가던 길이라고 주장한다. 훌라후프를 땅에서 2~3센티미터 정도 들어 올리더니 개보고 후프 사이로 뛰어넘어 보라고 부추긴다. 개가 자리에 앉더니 눈을 빠르게 두어 번 깜빡이고, 그걸 본 에이미는 웃음을, 조이는 울음을 터뜨린다.

영화에서 옷을 태우는 장면을 봤거든. 그래서 그날
장례식이 끝나고 돌아와서 나도 그러는 게 맞겠다
생각한 건데 연기가 그리 많이 날 줄이야 미처 몰랐고
네가 연기를 보고 기겁할 줄도 엄마 아빠가
새 드레스를 망치고 널 위험에 빠뜨렸다고
그렇게까지 무섭게 화를 낼 거라고도 상상을 못 했어.

## 약을 먹기 시작한 조이가
## 자다가 이불을 적신다

뜨끈뜨끈한 오줌이 몸에 닿는 느낌에 에이미는 잠을 깬다. 자리에서 일어나 부모님 방으로 건너가 엄마를 흔들어 깨우고, 와서 이불을 갈아 달라고 말한다. 엄마가 와서 조이를 안아 들고 안방으로 데려가더니 엄마 옆자리에 눕힌다. 조이는 잠에서 깨지 않는다. 아빠는 깰 때도 있고 안 깰 때도 있는데 그건 아빠가 통근하느라고 피곤할 때가 많기 때문이다.

의사들이 결국 종양을 찾아낸다. 종양은 왼쪽 전두엽에 있다. 종양의 이름은 모양 세포성 성상 세포종이다. 아주 희귀한 종양이지만 다행히 양성이고 양성은 그 이상 퍼지지 않는다는 뜻이다. 에이미는 철자 맞추기 대회라도 나간 것처럼 모양 세포성 성상 세포종의 철자를 하나씩 발음하는 연습을 한다. Pilocytic astrocytoma. 그렇게 긴 단어의 철자를 안다는 사실에 다들 놀란다. 에이미는 양성을 뜻하는 benign의 철자도 안다. Benign의 nign은 소리는 아홉을 뜻하는 nine이랑 똑같지만 철자가 다르고 에이미는 하필 양성과 나인이 소리가 같은 게 웃기다고 생각하는데 그건 이번 9월 말에 에이미가 아홉 살이 되기 때문에 마치 이 단어가 자기만을 위한 메시지 같아서다.

어느 날 엄마 아빠가 위험을 감수하고 수술을 받게 하는 쪽으로 결정을 내린다. 조이가 잠든 뒤에 에이미는 엄마에게 어떤 위험이 있냐고 묻는다. 엄마는 뇌는 굉장히 민감한 기관이고 그래서 뇌에 수술을 하다 보면 뇌를 예전과 다르게 바꿔 놓을 위험이 있다고 대답한다. 아예 성격이 달라지는 경우도 있다고 하는데, 이건 뇌가 모든 걸 조종하기 때문이다. 예를 들어 사고로 뇌에 영향을 받은 사람들 중에는 이후에 범죄자가 되거나, 생각을 아예 못하게 되는 사람들도 있다고 한다.

이제 에이미는 잠이 안 온다. 동생이 다시 이불을 적셔도 애초에 자고 있질 않았으니 깰 일도 없다. 아빠가 수족관을 사와 물고기를 바라보면 진정 효과가 있다며 에이미와 조이의 방에 설치한다. 수족관에는 여러 종류의 물고기가 산다. 천사라는 이름이 붙은 에인절피시와 피라미, 그리고 바닥에 깔린 자갈 틈에 사는 작은 메기 한 마리.

에이미는 뜬눈으로 밤을 새우며 수족관의 물고기들을 본다. 메기가 피라미들을 하나하나 찢어발겨 잡아먹기 시작한다.

조이가 이불을 적시면 에이미는 부모님을 깨우러 갈 핑계가 생긴 데 안도한다. 하지만 이윽고 세 사람은 다시 잠이 들고, 에이미만 혼자 남겨진다.

## 예전에 캠프에 오던 아이들 중에
## 물고기를 아주 좋아하던 남자애가 있었다

에이미와 조이네 캠프는 남자애들은 오지 못하는 캠프인데 이 남자애는 누군가의 남동생이었고 무슨 이유에선가 특별히 허락을 받았다. 캠프 기간 내내 에이미와 조이의 엄마 뒤를 — 엄마가 허락하는 한 — 졸졸 따라다녔는데, 고작 열한 살이나 열두 살밖에 안 됐지만 에이미와 조이의 엄마를 짝사랑했던 거다. 물론 이건 다 에이미와 조이가 태어나기도 전의 아주 오래전 일이다.

이 남자애는 틈만 나면 자기 집에 있는 수족관과 열대어 얘기를 했다고 한다. 한시라도 빨리 열대어를 돌보고 싶어서 숙제도 늘 후딱 해치웠다고 한다. 수조도 수시로 청소해 주며 틈날 때마다 열대어를 구경하고 열대어에게 이런저런 음악을 돌아가며 들려주기도 했다.

그러다 남자애는 사춘기로 접어들었고 그러고서 머지않아 자살을 했다. 에이미와 조이네 엄마는 그 애가 수족관 앞에서 총을 쏘아 자살한 걸 보면 아무것도 모르고 저지른 일이 분명하다고 한다. 수족관은 박살이 나고 물고기가 밖으로 다 쏟아져 나왔다. 그런데 그 애는 바로 죽지 않았다. 총소리를 들은 부모가 방으로 달려와 보니 퍼덕거리는 물고기와 깨진 유리 파편이 널리고 염수와 피로 흥건한 바닥에 누워 씨발 씨발 씨발 이 말만 되풀이하고 있었고, 그러고 나서야 죽었다고 엄마는 말한다.

에이미와 조이의 아빠는 엄마가 아이들 앞에서 나쁜 말을 쓰는 걸 싫어하는데 그러기엔 아이들이 아직 너무 어리다고 생각해서인 반면, 엄마는 세상이 이렇게 생겨 먹은 거지 자기가 세상을 지어낸 게 아니라고 말한다.

엄마는 자살만큼 이기적인 행동은 없다고 너희는 절대 자살하지 말라고 이른다.

이게 네 기억인지 내 기억인지
좀처럼 분간이 안 될 때가 너는 있니?

넷이 다 같이 병원에 가는 날이면
아빠는 갓난아기들을 보러 에이미를
산부인과 병동에 데려가곤 한다


에이미는 신생아들을 구경하는 게 좋다. 에이미는 나이에 비해 키가 큰 편으로 99백분위 이상이다 보니 까치발을 하고 서면 커다란 창문 너머에 줄지어 있는 요람과 그 안에 잠들어 있는 아기들을 볼 수 있다. 에이미는 갓난아기들은 잠을 많이 잔다는 걸 안다. 아빠는 에이미가 틈날 때마다 갓 태어난 동생을 안으려 들었다고, 그러다 이제 엄마가 안아야 한다거나 아기에게 밥을 줘야 한다고 말하면 발을 구르며 성질을 부렸다고 한다. 이 말에 에이미는 웃는다. 결국은 조이가 자기 차지가 되었다는 걸 알기 때문이다.

　　에이미는 병원 카페테리아에서 파는 차갑고 흐물거리는 음식이 싫다. 카페테리아에 앉아 있는 사람들은 대개 의사이거나 간호사이거나 슬프다. 가끔 부모님이 에이미를 오랫동안 카페테리아에 혼자 둘 때가 있는데 그럼 에이미는 컬러링북에 색칠을 하거나 비밀 알파벳을 연습하거나 조이에게 비밀 쪽지를 쓰며 기다린다. 동생이 있는 소아과 병동의 방문 앞에 앉아 기다려야 할 때도 있는데, 소아과 병동은 말기인 아이들이 있는 곳이다. 말기라는 건 죽을 거라는 뜻이고 그 아이들이 전부 다 그런 건 아니라고 아빠는 말하지만 엄마가 릭, 뭘 굳이, 라고 한마디하고, 이에 아빠가 대답 없이 크고 낡은 부츠의 신발코만 유심히 들여다보는 걸 보면서 에이미는 다들 죽는 게 맞다는 뜻으로 엄마의 말을 알아듣는다.

　　에이미가 공책만 열심히 들여다보며 앉아 있으려고 아무리 애를 써도 죽어 가는 아이들의 부모가 꼭 말을 걸어온다. 심지어 구몬을 풀고 있을 때도. 구몬을 푸는 에이미를 방해하며 죽어 가는 아이들의 부모가 하는 말은 너 꼭 인형처럼 생겼구나, 이다. 다들 똑같은 말을 한다. 인형처럼 생겼다고. 에이미는 그 말을 들으면 기분이 이상해지고 배탈이라도 난 듯하다. 무슨 뜻으로 그런 말을 하는 건지 솔직히 모르겠다. 에이미는 사람인데 왜 인형처럼 생겼다는 거지? 아니면 죽어 가는 애들과 달리 에이미는 피부에 흠이 없다는 뜻인가? 엄마가 옆에 있을 때 사람들이 이 말을 하면 엄마는 기분 나쁜 얼굴을 하고 그래서 에이미는 엄마에게는 물어볼 수가 없다. 하지만 엄마의 반응으로 자기가 불편하게 느낄 만한 말이 맞다는 걸 추론해 낸다.

　　엄마가 에이미와 신생아들을 보러 가서 에이미가 태어났을 때 얘기를 해 준다. 에이미는 일찍 태어났는데 그건 엄마가 차고에서 뱀을 밟고 겁에 질리는 바람에 분만 촉진이 됐기 때문이다. 뱀 때문에 에이미는 태어나고 며칠을 병원에서 지내야 했다, 저기 저런 요람 속에서. 에이미는 뱀은 도망쳤냐고 묻고 엄마가 그랬다고 답하길 바란다. 엄마는 아니라고

답한다.

　뱀이 목숨을 잃음으로써 자기가 해방되었다는 사실에 에이미는 죄책감을 느끼고, 동시에 중요한 사람이 된 기분도 든다. 점심을 먹자며 에이미를 카페테리아에 데려갔던 엄마가 중간에 화를 내고 에이미를 내버려 두고 혼자 소아과 병동으로 돌아가 버린다. 엄마가 뭘 하고 있으라는 지시를 주지 않았으므로 에이미는 혼자 산부인과 병동을 찾아가기로 마음먹는다. '눅눅한 와플은 먹지 않는다'를 속으로 되뇌지만 사실 길을 기억하고 있다. 에이미는 창밖에 서서 잠든 아기들을 한참 바라본다. 에이미의 입김이 닿아 유리에 뿌연 안개가 서린다. 에이미는 안개 한가운데 작은 하트 모양을 그리고, 손끝이 유리를 그을 때 나는 소리가 좋아 왼쪽으로 한발 이동해 유리에 또 안개를 만들고, 대신 이번에는 고의로, 그 한가운데 먼젓번 하트보다 더 큰 하트를 그린다.

　　그러다가 혼자 말없이 사라졌다고 야단을 맞고 말지만, 후회는 없다.

## 집에 돌아와 에이미는 화석 서랍에 넣어 둔
## 사진을 꺼내 종양의 단서를 찾는다

맨 처음 사진부터 시작한다. 크리스마스 날 거실에서 찍은 사진으로, 크리스마스트리 옆에 설치한 1.5미터 높이의 폴리에스테르 소재 티피 천막을 담았다. 산타클로스가 순록과 함께 세계를 한 바퀴 도는 크리스마스 전날 밤은 에이미와 조이가 티피에서 밤을 보내도 되는 유일한 날이다. 둘은 매번 올해는 밤을 꼬박 새우자고 다짐하고, 엄마도 그날만큼은 정해진 취침 시간을 따르지 않아도 된다고 공식 선언한다.

    크리스마스트리에 칭칭 감긴 꼬마전구 조명이 티피의 황갈색 천에 비쳐 분산되고, 그 부드러운 불빛 가운데 동생의 커다란 갈색 눈이 처음 한동안은 반짝인다. 에이미가 허락하면 조이는 받고 싶은 크리스마스 선물 목록을 낭송한다. 강아지, 인형 집, 나무 위 집, 트램펄린, 강아지, 새 크레용, 새 영화 몇 편, 반짝이가 붙은 무지개색 목줄, 강아지 스티커, 물총, 공주 왕관, 강아지에 관한 책.

    조이의 손 글씨는 알아보기가 어렵고 조이는 아직 철자도 모르기 때문에 선물 목록을 만드는 건 에이미 몫이 된다. 조이는 강아지는 꼭 두 번 적어야 한다고, 그래야 산타가 강아지가 얼마나 중요한지 알 수 있다고 우긴다.

그리고 실제로 에이미가 이 첫 번째 사진을 찍은 순간에도 조이는 서재에 있다. 서재 벽난로 앞에서 선물 받은 스코틀랜드테리어를 여전히 얼굴에 꼭 맞대고 있다.

순록이 이끄는 썰매가 에이미와 조이네 집 지붕에 내려앉고 산타가 굴뚝을 타고 내려와 두 아이가 벽난로 위 선반에 내어 둔 쿠키와 우유를 먹고 마실 무렵이면, 에이미와 조이는 어김없이 잠들어 있다. 조이가 오랜 몸부림 끝에 먼저 떨어진다. 에이미는 먼저 잠에 떨어진 척 시늉하며 동생이 뜨거운 몸을 옆에 바싹 붙이고 가쁜 숨을 쉬며 발을 꼼지락거리는 모습을 몰래 지켜본다. 둥글게 몸을 말고 맥동하는 순전한 욕구 덩어리. 조이가 서서히 잠에 굴복하는 걸 보고야 에이미도 잠에 몸을 맡긴다.

에이미와 조이는 계속 자라는데 티피는 마법 같게도 두 자매를 변함없이 보듬는다.

에이미는 사진 하단의 딱딱한 흰색 테두리를 쥔 손을 얼굴에 바짝 대고 사진을 면밀히 살피며 기억을 되돌아본다. 동생의 잠들기 전 심장 박동과 발작으로 수축하고 떨리던 몸동작을 마음속으로 저울질해 보며 사진에서도 보이는지 본다.

조이에게 종양이 생겼는데 에이미에게는 생기지 않았다는 게 어떻게 가능한지 모르겠다. 두 아이는 대개 같이 아픈 편이다. 수두, 패혈성 인두염, 감기. 그러면 재밌기도 한 게, 아빠는 백조로 변한 오리 이야기 같은 이야기들을 읽어 주고 엄마는 오렌지 맛 가루 주스를 물에 타다 준다. 에이미도 뇌종양이 생겼는데 아직 아무도 모르는 걸 수도 있지만. 에이미의 성격이 벌써 달라지고 있는지도 모른다. 그럼 에이미가 벌써 다른 사람이 되어 가고 있다는 건데 아직 아무도 이 사실을 눈치채지 못했고 에이미도 자기 뇌가 아예 다른 뇌로 변해 가고 있는 와중이니 눈치를 채려도 못 챌 수밖에 없다.

  에이미는 티피 사진을 봉투에 도로 넣는다. 집 내부 사진을 하나씩 살피며 범인을 찾아본다. 불 켜진 식품 저장실과 부엌과 거실을 바라보며 찍은 사진이라 난파한 배와 바다에 빠져 죽은 소년들 그림이 그려진 접시들은 보이지 않는 식당 방, 거실에 놓인 아무도 앉지 않는 오크로 짠 교회 신도석, 집 앞 포치의 반들반들하고 서늘한 콘크리트 바닥, 뒷마당의 아름드리나무와 그 뒤로 비치는 해, 전체 집 면적의 3분의 1을 차지하는 아빠의 서재, 유난히 길게 이어지는 진입로와 그 반대편 끝에 아예 별채처럼 앉아 있는 차고와 여기저기 벗겨진 외벽에 붙은 농구 골대, 현관 입구에 걸린 외투, 눈에 보이지 않는 경계선을 가운데 두고 한쪽은 질서, 한쪽은 혼돈으로 갈린 에이미와 조이의 방, 부모님 방, 엄마가 들어가기 직전에 찍은 거품 비누 가득한 욕조가 있는 화장실.

  에이미는 CAT 스캔을 검토하는 의사들처럼 사진을 자세히 들여다보지만 아무리 들여다봐도 그 안에 있을 게 분명한 단서를 자꾸 놓칠 따름이다.

난 있거든. 너와 내 기억이 서로 스미듯이 섞여 들곤 해.
예를 들어 네가 구급차에 처음 실려 갔던 날을 떠올릴 때
내 눈에 보이는 건 낡고 너덜너덜한 문어 인형을 꼭 붙들고
기숙사 남자애들이 줄지어 선 끝없어 보이는 인도를
우당탕 실려 내려가는 내 몸이야.

## 에이미와 조이는 한동안 학교를 쉰다

조이가 학교에 갈 수 없기 때문인데, 조이가 학교에 못 가는 건 수술을 받아야 하는데 수술은 비싸고 그러다 보니 에이미의 학비를 낼 여유도 없어서 에이미도 학교에 가지 못한다. 엄마는 공립 학교에 가면 에이미가 구몬을 하지 못할 거라고, 누구나 다 정규 학년 수준을 따르게 만들어서 구몬이 아니라 덧셈과 뺄셈을 해야 할 거라고 말한다. 덧셈과 뺄셈을 한참 전에 뗀 에이미는 이 말을 듣고 웃지만 엄마가 진지한 표정인 걸 보고는 얼굴을 고쳐 본다.

두 아이는 이제 토요일 아침마다 보던 만화 말고도 TV를 더 많이 본다. 가끔 에이미가 조이에게 책을 소리 내어 읽어 주기도 한다. 조이는 닥터 수스 책을 좋아하고 에이미는 캐릭터에 따라 다른 목소리를 내 가며 책을 읽는다. 운을 맞춰 읽다 혀가 꼬이지 않게 에이미는 밤에 화장실에 들어가 읽는 연습을 한다. 조이가 가장 좋아하는 닥터 수스 책은 『모자 속 고양이 The Cat in the Hat』다. 에이미는 『코끼리 호턴과 먼지 나라 Horton Hears a Who!』를 가장 좋아하지만 조이는 그건 지루하다며 싫어한다. 에이미는 자기는 『모자 속 고양이』가 속 터져서 싫다고 말하지만, 그래도 어쨌거나 조이에게 읽어 준다.

결국 자매는 『초록색 달걀과 햄Green Eggs and Ham』으로 타협을 본다. 에이미는 조이가 이 책을 차츰 혼자 읽어 나가도록 가르친다.

에이미와 조이는 수술일이 가까워지고 있음을 안다. 그래도 TV를 보고 닥터 수스 책을 읽고 아빠와 자전거를 탄다. 에이미는 조이에게 자꾸 집 주소를 외워 보라고 시킨다. 조이는 주소를 기억하면 웃고 기억 못 하면 운다. 우편 번호는 기억하는 법이 없다.

부모님이 조이에게 수술이 끝나고 나면 용감하게 수술을 받은 대가로 원하는 선물을 주겠다고 한다. 두 자매는 며칠에 걸쳐 받고 싶은 선물 목록을 만든다. 조이는 벅찬 마음을 어쩔 줄 모르겠는 듯 방 안을 어지럽게 오간다. 그리고 마침내 결정을 내린다. 카우걸 부츠. 에이미는 카우걸 부츠보다 나은 걸 고르라고, 모카신이 카우걸 부츠보다 낫다고 타이르지만 안 통한다. 조이가 원하는 건 부츠다.

엄마 아빠 사이에 싸움이 붙는다. 엄마가 조이와 집에 있을 동안 에이미와 아빠는 서부 의상을 파는 드라이스데일스 매장에 간다. 반다나와 은색 벨트 버클을 둘러보다가 결국 코가 네모지고 노란색 몸통에는 흡족해하는 고양이와 난롯불을 닮은 색깔로 박음질 장식

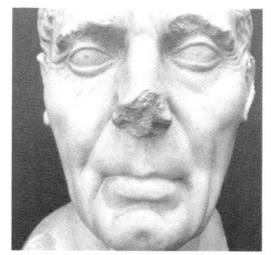

을 한 자그마한 로퍼형 카우걸 부츠를 고른다. 아빠가 에이미의 어깨에 손을 얹으며 비용은 개의치 말라고 두 번째로 이야기한다. 에이미는 아빠를 쳐다보지 않는다.

　　두 사람은 부츠를 들고 점원을 찾아가고 그제야 조이의 신발 사이즈를 모른다는 걸 깨닫는다. 아빠가 무슨 소리를 낸다. 에이미는 자기 신발 사이즈와 조이가 자기 신발을 신을 때 걸리는 시간을 기준 삼아 동생의 신발 사이즈를 계산해 보려는 중이다. 그러다 문득, 아빠가 신발을 신어 보라고 마련해 둔 벤치에 앉아 울고 있음을 깨닫는다. 에이미는 신발 사이즈를 말한다. 점원이 신발을 찾으러 매장 뒤로 사라진다.

## 수술 전날에는 할머니 할아버지 집에서 다 같이 아이스크림에 루트 비어를 부어 먹고 TV를 보고 「잠자는 숲속의 공주」를 본다

에이미와 조이는 에어컨 바람이 추운 듯 바짝 붙어 앉는다. 영화가 끝나고 조이와 엄마 아빠가 소파에서 일어나 문을 열고 밖에 세워 둔 차로 간다. 할머니와 할아버지는 TV 장을 중앙에 두고 좌우로 앉은 채 움직이지 않는다. 에이미도 할머니 할아버지처럼 자리에서 움직이지 않다가 자동차 문이 닫히는 소리가 들리자마자 굳게 닫힌 현관문으로 달음질친다. 까치발을 하고 색유리의 맨 아래쪽의 파란색 네모 사이로 차가 진입로를 지나 앞길로 꺾어 사라지는 모습을 바라본다. 납작해진 코 주위로 유리가 뿌옇게 변한다. 에이미의 손끝이 매끈한 나무 표면에 새겨진 홈 위로 힘없이 흘러내린다.

## 전화벨이 울리자 땅이 꺼지고
## 조이가 사라진다

전화벨은 드릴처럼 집요하게 울린다. 할머니가 담배를 한 모금 빨고 수화기를 들어 올리는 소리. 에이미는 실은 깨어 있다.

머릿속이 부욱 갈라지는 느낌에 에이미는 뇌가 두개골 밖으로 쏟아지는 걸 막으려 양손으로 머리를 붙든다.

할아버지가 예쁘게 한 머리 망칠라, 하고 말한다. 할머니가 조용히 하라는 뜻으로 쉿 소리를 낸다. 수화기를 돌려놓은 할머니가 소파로 건너와 에이미의 어깨에 손을 얹는다. 에이미는 몸을 둥글게 만다. 할머니가 아주 작아서 속삭임에 가까운 목소리로 동생이 방금 막 수술실에 들어갔다고 말한다. 괜찮을 거라고는 말하지 않는다. 1초간, 에이미는 등 뒤로 팔을 뻗어 할머니의 손을 붙든다. 이윽고 소파에서 뛰어올라 화장실로 달려가 토한다. 수술 전에는 아무것도 먹으면 안 된다고 해서 에이미가 토해 내는 건 기껏해야 자기 몸이 만든 액체뿐이지만, 맛이 독약 같다.

걱정하다to worry는 한때 목을 조르다
(혹은 조이다)to strangle라는 뜻이었다고 해.

## 동생이 병원에 있는 동안은
## 에이미가 개를 돌봐야 한다

조이가 퇴원하면 놀라게 해 주려고 개에게 묘기를 가르쳐 보지만 개가 배우려 들지 않는다.

며칠이 지나고야 에이미가 병문안을 와도 좋다는 허락이 떨어진다. 에이미는 동생이 수술을 받고 성격이 완전히 달라졌을까 봐 너무 무섭고 병원에 가는 내내 손을 바르르 떤다. 방에 들어가니 작은 침대 위에 웬 외계인이 누워 있고, 몸에는 온갖 선들이 주렁주렁 매달려 있다. 에이미가 눈앞의 상황을 파악하기까지는 몇 초가 걸린다. 동생의 부분적으로 탈색된 머리칼은 간데없고 헐벗은 작은 두개골에는 붉은색 상처가 빼딱빼딱 나 있다. 에이미는 자기도 모르게 울음을 터뜨린다. 두 손이 얼굴을 가리려 떠오르지만 이미 늦었고 엄마는 벌써 화를 내고 있다. 병실 밖으로 도로 끌려 나가기 전에 에이미는 동생의 눈을 본다. 두 눈이 탁하고 횡하다.

에이미는 할머니 할아버지네 거실 소파에 조가비처럼 둥글게 몸을 말고 누워 쿠션에 얼굴을 파묻은 채 온종일 꿈쩍도 않는다.

**한번은 병원에서 죽어 가는 아이들이랑 미끄럼틀과
사다리 보드게임을 하는데, 시작한 지 얼마 안 돼서
다른 애들이 에이미가 반칙을 한다고 우기는 바람에
어쩔 수 없이 다시 혼자 앉아 기다려야 한다**

자기가 운이 좋은 게 자기 탓이 아니라는 걸 알긴 하는데, 그래도 배가 아프다. 머리가 너무 아파서 앞이 제대로 안 보인다. 에이미는 눈을 감고 바닥에 누워 보려 하지만, 금세 들키고 만다.

단어 하나가 거쳐 온 길을 고스란히 헤아릴 방법은 없지만
(헤아리다fathom는 한때 포옹 또는 두 팔을 벌린 폭을 뜻했어),
대강의 여로만으로도 의미상 친족인 다른 단어와 구별할 수 있어.
생김새도 같고 원래는 집도 같았지만 이제 서로
다른 뜻을 지니게 된 단어들은 그렇게 생겨나는 거야.
사상자나 응급실을 뜻하는 영어의 casualty와
우연을 뜻할 뿐인 스페인어의 casualidad처럼.

## 조이는 에이미가 열 살이 되는 날 퇴원한다

1991년 9월 24일이다. 할머니 할아버지 집에서 열린 에이미의 생일 파티에 오클라호마 전역에 흩어져 사는 가깝고 먼 친척들이 다 모인다. 오클라호마 시티에 사는 사촌들마저 찾아온다. 조이가 기운이 없고 아직 잘 걷지 못해서 에이미와 조이는 처음엔 손을 꼭 잡고 있지만 사람들이 도착해 조이 주위로 몰려들면서 에이미는 차츰 밖으로 떠밀린다. 에이미는 결국 문간에 서서 조이가 괜찮은지 말없이 지켜봐야 한다.

이제 어디를 가든 사람들이 대놓고 조이를 쳐다본다. 식구들이 조이에게 이런저런 모자를 씌워 보지만 조이는 다 질색한다. 또 때와 장소를 안 가리고 무조건 카우걸 부츠를 신겠다고 우긴다. 사이즈가 조금 크지만 양말을 두세 켤레 겹쳐 신으면 그럭저럭 신을 만하다.

이제 두 자매에게는 복도 벽장에 이따금씩 숨는 버릇이 생겼는데 토네이도 때문은 아니고 딱히 이유도 없이 숨는다. 부모님은 두 아이를 이제 홈스쿨링 할 거라고, 어차피 아빠도 대학에서 학생들을 가르치는 강사고 엄마는 고등학교 때 반에서 차석으로 졸업한 만큼 아는 게 많고 솔직히 왕재수였던 선생 하나만 아니었으면 수석으로 졸업하고도 남았을 테니, 이래저래 학교에 가는 것보다 나을 거라고 한다. 에이미와 조이는 아무래도 좋다. 어차피 보고 싶은 친구도 서로 말고는 없다.

　　에이미는 다시 사진을 찍기 시작하지만 자주는 아니고 드문드문, 그것도 대개 조이 사진만 찍는다.

　　조이가 검진을 받으러 가는 날이면 다 끝나고 나서 라포춘 공원에 들러 오리를 구경할 수 있다. 어느 날인가 에이미와 조이는 공원에 갔다가 아기 오리가 악어거북에게 집어 먹혀 수면에 거품만 남기고 사라지는 장면을 목격하고 만다. 에이미와 조이는 얼어붙은 몸으로 아기 오리가 사라진 자리를 본다. 도무지 안 믿긴다. 엄마는 세상이 원래 그렇게 생겨 먹었다고 말하지만 에이미와 조이는 그런 건 모르겠고 그저 다시는 공원에 가지 않겠다고 선언한다. 결국 엄마도 그래라 그럼, 모른 체 살아, 하고 말하고 그날부터 두 아이는 검진을 마치고 나면 공원에 들르는 대신 곧바로 할머니 할아버지 집으로 향한다. 에이미는 동생 옆에 앉아 마치 자기가 동생이고 자기 몸은 텅 빈 유령에 불과한 듯 소리도 움직임도 없이 자리를 지킨다.

　　할머니 할아버지는 TV를 보며 단어 만들기 게임인 스크래블을 하다가 단어가 맞다 아니다를 놓고 어김없이 실랑이를 벌이는데, 점수를 기록하는 쪽이 할머니다 보니 결국은 언제나 할머니가 이긴다. 두 분은 정감 있게 다투고 두 아이도 할머니 할아버지가 티격태격하는 걸 즐긴다. 그래도 간혹 할아버지가 할머니가 방금 연필로 자기를 찔렀다고 주장할 때면 할아버지 손등에 난 크고 시퍼런 자국을 보며 정말일까 싶어서, 그렇지만 정작 할머니가 그러는 걸 저희 눈으로 본 적은 한 번도 없어서 멈칫하게 된다. 할아버지는 예전에 에이미와 조이에게 캠프 왈루힐리에 잘 다녀오라며 팩스로 과자를 보내 주겠다고 한 적이 있는데, 팩스로는 과자를 보낼 수 없다는 사실을 뒤늦게야 안 두 아이는 그때부터 할아버지를 농담꾼이자 신뢰할 수 없는 정보원으로 보기 시작했다.

**에이미는 개와 문어 인형을 끌어안고 소파에 앉아
눈을 동그랗게 뜬 조이를 사진에 담는다**

문어 인형은 할머니 할아버지가 에이미 생일 때 준 선물이다. 에이미와 조이 둘 다 문어 인형을 받았다. 사람 아기만 한 인형인데 사람과 달리 팔이 보라색이고 여덟 개나 달렸다. 이 사진을 찍기 직전에 조이는 문어 인형을 개 머리에 모자처럼 얹어 본다. 그러고는 깔깔대며 웃는 바람에 사진이 흔들렸는데, 그래도 자세히 보면 양 뺨의 보조개와 그 뒤의 휑한 자리가 보인다.

거리를 줄이는 게 단어의 기본 목표지만 애초 거리가 없었다면
단어도 생기지 않았을 거야. 이에 가장 충실한 예로
향수병 또는 집앓이를 뜻하는 homesick을 꼽을 수 있을 텐데,
이 단어를 늘 각별히 생각하긴 했지만 그 뜻을 내가 직접
체감하는 날이 오리라고는 상상하지 못했어.
오늘이 되기 전에는.

## 할머니 할아버지가 자매의 크리스마스 선물로
## 똑같은 테니스화를 한 켤레씩 사 준다

엄마 자동차처럼 짙은 오렌지색이고 차에는 없는 검은색 갈지자형 줄무늬가 있다. 조이는 아직 신발 끈 묶는 법을 배우기 전이라 벨크로가 붙은 찍찍이 운동화를 받았다. 가장 마음에 드는 건 밑창에 호랑이 발바닥 무늬가 새겨져 있어 어디에나 발바닥 무늬를 남길 수 있다는 점이다. 에이미와 조이는 혼날 걸 알고도 부엌까지 진흙 묻은 신발을 신고 들어온다. 조이는 카우걸 부츠는 까맣게 잊고 지내다가 교회에 가느라 옷을 차려입을 때에나 기억한다.

뒷마당에서 두 아이는 나무에 사는 공벌레를 갖고 논다. 공벌레는 애벌레처럼 하지만 그보다는 빠른 속도로 꿈틀꿈틀 기어 다니는데, 그러다가 손끝으로 살짝 집어 가볍게 쥐면 단단한 회색 공이 되어 버린다. 두 아이는 양동이에 공벌레를 여러 마리 모았다가 한꺼번에 풀어 준다.

둘은 더 이상 목욕을 같이 하지 않는데 그 이유는 에이미가 싫다고 해서다. 그러자 조이가 성질을 부리고 그 결과 두 아이의 목욕 시간이 일제히 줄어든다. 이렇게까지 힘들 일이 아니라고 엄마는 말한다.

그러다 아빠가 일자리를 잃고 에이미와 조이는 이 사실에 처음에는 몹시 흥분한다. 이제 엄마가 사무실에 일을 하러 나가서 두 아이는 아빠 양옆에 앉아 며칠씩 지도책을 구경하고 페이지를 넘길 때마다 나  오는 사진을 보며 끝없이 질문을 한다. 둘은 마다가스카르에 사는 동물 이름을 모두 외우고, 검은 숲이라고 저희가 이름 붙인 미로 퍼즐을 만들고, 에이미는 암호로 그린 지도를 조이가 찾을 수 있게 집 안 구석구석 숨겨 둔다. 아빠가 낡고 헐렁한 아빠 티셔츠를 사리처럼 입어도 좋다고 허락한다. 두 아이는 도서관에서 일본 플루트 음악과 금지된 어느 섬 왕국의 살사 음악이 담긴 카세트테이프를 빌린다. 금지된 섬 왕국에는 해안을 따라 보물이 숨어 있을 거라고 두 아이는 상상한다. 조이는 해안에 요정이 살지 않는다는 걸 증명한 사람은 없지 않느냐고 지적한다. 요정은 주머니에 쏙 들어가는 크기일 테니 앉을 때 잘못해서 깔고 앉는다든가 그러는 일이 없도록 아주 조심해야 하지만 그것만 아니면 아마도 보물이 있는 곳으로 데려가 줄 거라고 한다. 에이미는 조이에게 요정은 실제로 존재하지 않는다고 알려 준다. 하지만 과학자들이 실수로 멸종됐다고 말한 종 중에 실제로 멸종하지 않은 종이 있을 수는 있다고 덧붙인다.

그런데 시간이 지날수록 아빠가 자꾸 간섭을 하고, TV에서 키스하는 장면이 나오거나 총을 쏴 누군가 피를 흘리면 조이의 눈을 가린다. 지금까지 둘은 뭐든 기분 내키는 대로 할 수 있었는데 그건 엄마가 항상 다른 방에서 추리 소설을 읽고 있었기 때문이었다. 이제는 정해진 시간 안에 에이미는 구몬을 다 못 풀고 조이는 동물 모형 놀이를 못 끝내는 일이 벌어진다. 결국 자매는 상의 끝에 작전을 세우고, 학교 수업이 한참 진행 중일 오후 시간에 낮잠을 자고 싶은 척 구는 이 작전 덕에 둘은 최소 두어 시간을 방에서 자유로이 보낼 수 있다. 에이미는 동생과 방을 나눠 쓰는 데 질렸지만 둘이 각방을 쓸 방법이 없다는 말을 이미 수차례 들었다. 에이미는 조이에게 다 크면 혼자 쓰는 방이 생길 거고 그 방에는 축구장처럼 인조 잔디가 깔리고 벽은 온통 하늘색이고 심지어 구름도 그려져 있을 거라고 설명하지만, 조이는 자기는 혼자 쓰는 방이 싫다며 당장 울어 버릴 듯한 얼굴을 한다.

　　낮잠 때가 지나면 아빠가 에이미와 조이를 데리고 자전거를 타러 나가거나 경마장에 데려가 행운에 대해 가르치는데 아빠는 행운을 확률이라고 부른다. 이즈음에 두 아이는 쇼핑몰에 가 무료 향수 샘플을 받을 수 있는지 점원들에게 묻기 시작한다. 그렇게 얻은 향수를 조이는 하루 만에 다 써 버리고, 몇 분 간격으로 얼굴에 얼마나 많이 뿌려 대는지 냄새가 역겨울 정도다. 에이미는 천장 조명 불빛에 작은 유리병을 비춰 본다. 그러고는 화석 서랍의 신발 상자 안에 유물이라도 되는 듯 조심스레 담는다.

털사 교직원 공제회 건물에서 모퉁이를 돌아 메덱스라는 드러그스토어에 구경을 갈 때도 있다. 조이는 보는 것마다 다 갖겠다고 하는데, 그러면 아빠가 1달러 미만인 제품으로 뭐든 하나 골라도 좋다고 간혹가다 말한다. 조이는 하루는 개에게 줄 뼈 간식을 고른다. 다른 날은 머리핀을 고른다. 조이는 빡빡머리에서 다시 머리가 자라는 중인데 그렇다고 아직 머리핀을 쓸 정도 길이는 아니다. 그런데 다시 나면서 머리색이 점점 진해지는 통에 어느 날 할머니가 이제 너희 둘이 자매처럼 보이지도 않는다고, 에이미가 워낙 금발이어야지, 라는 말을 한다. 그래서 에이미는 동생의 모자를 돌아가며 써 보지만 모자를 쓰면 두통이 생긴다는 사실을 알게 될 뿐이다.

이듬해 크리스마스에 에이미와 조이는 둘이 같이 들어가기에는 티피가 너무 작아졌음을 깨닫는다. 새 티피를 사 달라고 말하면서도 불가능한 일임을 안다. 둘은 여름철 침구를 가져와 식당 방에서 끌고 온 의자 위에 널거나 둘러가며 거실에 요새를 짓고, 완성한 뒤에는 문간에 나란히 서서 저희 손  으로 만든 작품을 바라본다. 그날 밤 둘은 요새에서 이야기를 하며 밤을 꼬박 새우고, 다음 날 크리스마스 스타킹에 든 선물을 열려 잠깐 일어난 걸 빼고는 호수 빛깔의 침구에 투과된 트리 조명의 부드러운 비침 속에서 오전 내내 낮잠을 잔다.

**엄마 아빠가 집에 없을 때
두 아이는 춤추길 좋아한다**


엄마는 여전히 파트타임으로 일하고 있지만 요즘은 오후에 미팅이 잡히거나 오와소 같은 데로 출장을 다녀와야 하는 때가 더러 생기고, 아빠도 수업이 들어오면 다시 나가기 시작했다. 어느 날인가 에이미와 조이는 스윙 댄스 음악에 맞춰 안무를 짠 아이스 스케이팅 프로그램을 TV에서 보게 되고, 그 안무를 배우려 재방송까지 기다렸다가 연습용 녹화 테이프를 만든다. 조이는 에이미가 자기를 허공에 번쩍 들어 올려 빙글빙글 돌리는 동작을 가장 좋아한다. 조이는 개를 번쩍 들어 올려 빙글빙글 돌린다.

  자매가 좋아하는 아이스 스케이트 선수는 모두 구소련 출신이다. 유럽에서는 정치 상황에 따라 나라가 바뀌는 일도 있다는 사실을 에이미와 조이는 아빠한테 이미 배워 알고 있다. 이제 둘은 구소련 사람들 중에는 저희와는 다른 알파벳을 쓰는 사람도 있다는 사실을 배우고, 그 알파벳을 배우고 싶다며 엄마한테 도서관에 데려가 달라고 말한다. 둘은 러시아어 알파벳에는 영어 알파벳보다 글자가 다섯 개 더 많다는 사실을 배운다. 에이미는 새 글자들을 쓰는 연습을 한다. 에이미가 그간 발명하려 든 각종 알파벳은 동생이 글자를 익히는 데 번번이 실패하는 바람에 무산되고 그와 함께 둘만의 비밀한 소통도 불가능한 꿈이 되고 말았지만, 실재하는 언어를 쓰면 가능할 수도 있겠다는 희망이 에이미의 마음에 싹트기 시작한다.

다만 이게 불리할 수도 있는 건 소련 사람들이 안 그래도 글자가 많은 알파벳에서 글자 순서까지 뒤죽박죽 섞어 놓은 바람에 Z가 알파벳의 끝이 아니라 중간에 오기 때문이다. 에이미는 알파벳 순서가 시간순이나 중요도에 따라 매기는 순서보다 낫다고 생각하며 늘 선호해 왔다. 반면에 조이는 자기를 늘 꼴찌로 만들어 버리는 알파벳의 부당함에 불만을 품어 왔다. 그래서 조이는 새로 배우게 된 이 알파벳이 A들에 대한 Z들의 부분적 복수를 하고 있다고 본다. 여기에선 Z가 일곱 번째 글자이니, 어쨌거나 A를 따라잡고 있다는 거다.

조이는 자기도 다른 언어를 배우고는 싶지만 러시아어가 배우고 싶은 건지는 잘 모르겠다고 한다. 조이가 가장 좋아하는 아이스 스케이트 선수들은 모두 우크라이나 출신인데, 에이미와 조이가 그새 배운 바에 의하면 우크라이나는 최근에 러시아와 별도로 분리되었기 때문이다.

에이미와 조이의 부모는 두 딸이 외국어 공부를 두고 제법 심각한 대립각을 세우고 있음을 깨닫고 놀란다. 한층 더 놀라운 사실은 동유럽의 자주권 문제가 반목의 원인이라는 거다. 에이미와 조이는 거실에 요새를 하나씩 따로 세우고, 출입하는 구멍에 각기 문어 인형을 보초로 두고 자국기를 크레용으로 그려 건다. 꼼꼼하게 채워 넣은 빨갛고 파란 줄무늬는 러시아기, 하늘색 갈지자 위에 노란 구름이 타원형으로 두둥실 떠 있는 건 우크라이나기다.

에이미와 조이의 아빠가 지리학자임에도 식구 중에는 여권을 가진 사람이 없다. 다른 언어를 배울 생각을 해 본 사람도 없다. 그래도 엄마 아빠는 두 아이가 배움에 열의를 보이는 점을 반갑게 여기고, 러시아어와 우크라이나어를 둘 다 가르쳐 줄 수 있는 사람을 찾는 방안으로 에이미와 조이 사이에 정전을 이끌어 내보려 한다.

그 결과 갈등은 도리어 더 극렬해진다.

어떤 단어들은 서로 근접해서 나타나기도 해. 같은 방향과
속도로 헤엄치며 수면 위로 머리를 드러내는 사람들처럼.
하지만 이들은 서로 만난 적도 없고 앞으로도 만날 일이 없지.
러시아어의 гриф가 그런 단어에 속해. 콘도르를 뜻하는 단어지만
발음은 영어의 grief와 비슷하거든. 이런 일은 기차나
버스에 올라탄 사람들이나 인도를 거니는 사람들
사이에서도 일어나는 일이야.

이런 중첩이나 포개짐이 이유 없이 일어난다고 해서
의미도 없는 건 아니야. 의미mean라는 단어도 알고 보면
공유하다, 기억하다, 그리워하다, 사랑하다를 뜻하던
때가 있었고 말이야.

## 에이미와 조이는 처음으로 사랑에 빠지는데
## 그것도 같은 사람을 동시에 짝사랑하게 된다


사샤는 아빠가 강의를 나가던 털사 주니어 칼리지에 다니는 아빠의 옛 제자로, 러시아어와 우크라이나어 두 말을 다 쓰는 우크라이나 동부에서 왔다. 사샤는 키가 크고 말랐으며 피부는 창백하고 이목구비는 매끄럽다. 코가 조금 삐딱한 게 두 아이들 눈에는 더없이 매력적으로 비친다.

    사샤의 모든 게 에이미와 조이에게는 매력으로 보인다. 머리는 곱슬대는 검은 머리고 속눈썹은 길고 눈썹은 검고 숱지다. 에이미와 조이는 사샤가 웃는 모습이 좋고 사샤가 걷는 모습도 좋고 사샤가 화제로 삼는 소재라면 하나같이 다 좋다. 사샤는 매주 목요일 3시 30분부터 4시 사이 그리고 4시부터 5시 사이 조이에게 30분간 우크라이나어를 가르치고 에이미에게 한 시간 동안 러시아어를 가르친다.

    사샤는 활력이 넘치고, 에이미와 조이에게 언제나 바깥세상에 관한 새로운 소식을 전해 준다. 사샤는 연극에도 출연하고 밴드에서 연주도 한다. 에이미와 조이에게 사샤는 마이클 잭슨이나 대통령 못지않은 존재다.

    둘은 사샤의 이목을 끌려고 서로 경쟁하는데, 애초 경쟁이 안 된다. 에이미는 이제 거의 열세 살이다. 거의 어른이 다 됐다. 가끔씩 사샤의 눈길이 자기에게 향한 걸 느낄 때면 전율과 공포감이 하나씩 밀려오는 게 아니라 동시에 닥치고, 이에 에이미는 자기가 사랑에 빠졌음을 알아차린다.

사샤의 눈은 자상하고 온화해서 에이미는 어느 날 그 눈을 들여다보다가 그만 길을 잃듯 생각의 끈을 놓치고 말고, 하던 말을 차마 못 잇고 얼굴만 시뻘겋게 달아오른다. 그날부터 그다음 수업까지, 에이미는 그 기억이 떠오를 때마다 얼굴을 붉힌다. 즉 일주일 내내 얼굴을 붉히며 지낸다. 조이에게는 이 말을 하지 않는다. 이것이 에이미와 조이 사이에 생긴 두 번째 비밀이 된다.

에이미는 하루에도 몇 시간씩 조이와 같이 쓰는 방문을 닫고 러시아어 공부에 매진한다. 에이미가 키릴 알파벳에서 가장 좋아하는 글자는 생긴 건 나비를 닮고 소리는 treasure의 s와 비슷한 즈 소리가 나는 ж이다. 에이미는 포켓 사전에 실린 ж로 시작하는 단어를 전부 베껴 적는다.

조이는 에이미에 비해 덜 성실하고 노는 걸 더 좋아한다. 조이는 길에서 아기 다람쥐 두 마리를 구조해 와 오렌지와 바나나라고 이름 붙이더니, 다람쥐에게 먹이를 주거나 커서 다시 야생으로 돌아갈 수 있게끔 다람쥐들을 훈련시키는 데 오후를 몽땅 바친다.

　　에이미는 매일 새 어휘를 스무 단어씩 공부하고 이미 배운 어휘를 복습한다. 유효 기간이 지난 쿠폰과 광고 전단지와 우편물로 암기용 단어 카드를 만든다. 남는 시간에는 조이와 함께 서부 개척 시대를 주제로 한 오리건 트레일 컴퓨터 게임을 하고 노는데, 총알이 명중했을 때 나는 소리만큼 만족스러운 소리가 이 세상에 또 없어서, 에이미는 토끼 사냥 시간만 됐다 하면 게임을 독점한다. 조이는 에이미만 총을 쏘는 건 불공평하다고, 에이미는 진짜로는 고기도 그만 먹기로 하지 않았느냐고 주장하지만 에이미가 그건 상관없는 일이라고 말하자 별수 없이 수긍한다.

　　엄마가 조이의 기억력이 수술 때문에 나빠졌다고 사샤에게 말하는데, 에이미는 의사들이 그 반대로 이야기했음을 알고 있는 만큼 조이가 다람쥐들에게 정신이 팔린 것뿐이리라고 짐작한다. 물론 이 말을 하지는 않는다. 대신 사샤에게 의미심장한 눈길을 보내고, 사샤가 그 뜻을 완벽히 이해했을 거라 확신한다.

## 에이미와 조이가 하루 간격으로
## 생리를 시작한다

조이는 이제 열 살이고 에이미는 열세 살이다. 에이미가 먼저, 일요일에 생리를 시작한다. 생리가 뭔지 에이미는 알고 있고 그걸 알고 있다는 사실에 뿌듯함을 느끼지만 정작 대처하는 방법은 몰라서 엄마를 찾는다. 일요일이다 보니 엄마는 조이의 게임보이로 닥터 마리오 게임을 하고 있다. 닥터 마리오는 테트리스와 비슷하지만 블록 대신 알약과 바이러스가 나오는 게임이다. 조이는 그간 너무 바빴던 탓에 게임보이를 갖고 논 적이 별로 없다.

에이미는 목을 가다듬고서 생리를 시작했다고, 그래서 이제 어떡하면 되는 건지 알고 싶다고 최대한 큰 목소리로 속삭인다. 엄마가 자리에서 벌떡 일어나더니 게임보이를 세탁기 위에 두고 따라온다. 에이미는 중요한 사람이 된 기분이고, 그날 오후만큼은 에이미와 엄마 사이에 접점이 생긴다.

그런데 바로 다음 날 조이가 엄마가 일하러 간 사이 생리를 시작하는 바람에, 조이에게 생리대를 꺼내 보여 주고 엄마가 준 생리대를 조이와 나눠 갖고 조이가 배가 아프다고 징징대며 우는소리를 들어 줘야 하는 건 에이미다. 에이미와의 나이 차이에 아랑곳 않고 뭐든 같은 때 하려 드는 게 너무나 조이답다. 이젠 한술 더 떠 생리가 두개골이 쪼개져 열리고 뇌가 다시 정리되는 것보다 더 끔찍한 일인 양 굴고 있다. 에이미는 다음엔 또 무슨 일이 닥칠지 생각하는 것만으로도 진저리가 쳐진다.

단서를 뜻하는 clue는 고대 그리스에서는 실타래를 뜻했는데, 신화에서 미로에 갇힌 인물이 실을 풀어 탈출하는 일이 워낙 자주 반복되다 보니 그 의미도 이를 반영해 차츰 변한 경우에 해당해.

## 에이미는 동생에게 읽지도 못할
## 비밀 쪽지를 자꾸 써 보낸다


동생이 공부에 열을 올리게 하려는 의도지만 이 전략은 결국 역효과만 낳아, 좌절한 조이가 이럴 거면 공부를 그만두겠다고 협박하기 시작한다.

　　에이미는 사샤와 첫 이메일을 주고받는다. 딱히 묻고 싶지도 않은 걸 묻는 척한다. 이메일을 타자할 때는 아주 조심해야 하는 게, 글자를 하나만 잘못 입력해도 돌아가서 그 글자만 삭제할 방법이 없어서 실수를 하면 처음부터 다시 시작해야 한다. 거대한 협곡을 아래 두고 줄타기를 하는 것과 좀 비슷하다. 떨어지면 죽는다. 에이미는 글자로 이루어진 밝은 녹색 줄에 집중하려 애쓴다. 러시아어로 이메일을 보내는 방법은 모르겠고 그게 가능한지조차 모르겠어서 에이미는 사샤에게 영어로 글을 쓴다.

　　사샤는 꼭 답장을 한다. 이 사실이 에이미와 조이 사이에 생긴 세 번째 비밀이다. 다행히도 조이는 이메일을 쓰기에는 아직은 어린 걸로 판정이 났다. 조이도 처음에만 난리를 쳤지 금세 흥미를 잃어서, 이제는 에이미가 엄마 책상 앞에 앉으면 알아서 다른 데로 가 버린다.

보아하니 사샤는 대문자를 사용하지 않는 것 같고 그래서인지 사샤의 이메일은 금기처럼 느껴지기도 하는데 정작 담긴 내용을 보면 직접 목적격과 소유격의 차이를 백만 번째 설명하는 말뿐이다. 에이미는 다른 화젯거리를 찾아 사샤에게 이메일을 보내고 싶지만 그럴듯한 소재가 도무지 떠오르지 않는다.

　겨울이 일찍 찾아온다. 평년보다 추운 겨울이다. 인도가 얼어붙어 산책을 나갈 때마다 개가 길에서 미끄러지고 넘어진다. 몽톡한 네 다리를 허우적거리는 모습이 너무 우스꽝스러운데 개도 웃음소리를 알아듣고 민망해하는 것 같아서 에이미는 조이에게 웃지 말라고 말한다. 더러워진 개를 안아서 품에 보듬고 집까지 날라야 하는 건 영락없이 에이미고, 실은 에이미도 이게 겉으로 내색하는 만큼 싫지는 않다. 살아 있는 생물을 보듬어 안는 건 기분 좋은 일이고, 그 생명체가 어린 아기나 개처럼 몸집이 자그마한 경우에는 더욱더 그렇다.

**여름 사이 에이미는
매듭 묶기에 능숙해진다**

그리고 막상 해 보니 카누 타기에도 소질이 있다. 조이는 힘이 약해서 에이미 혼자 노를 젓다시피 해야 하지만, 그래도 에이미는 조이가 따라오는 걸 허락한다. 좌우로 노를 넘길 때마다 물방울이 맨다리로 후두두 떨어지는 느낌이 좋다. 호수 물이어서 더럽고 시원하다.

 카누 타기 시간이 끝나면 산장 앞이나 비가 올 경우에는 산장 안에서 춤추는 시간이 이어진다. 하지만 카누 타기가 끝날 무렵에 비가 오는 적은 거의 없다. 에이미는 다른 캠프 참가자들과 춤을 춰 보고 싶다. 처음에는 시도도 해 보지만 다들 자기만 쳐다보는 기분이 들어 실패한다. 그걸 보고 조이도 덩달아 춤을 안 춘다. 대신 에이미 옆에 앉아 주황색과 검은색 줄무늬 테니스화를 신은 발로 흙바닥을 탁탁 치며 박자를 맞춘다. 사실 이 테니스화는 에이미가 신던 신발을 조이가 물려받은 것이다. 두 아이는 계속 자라는 중이다.

 엄마는 더 이상 캠프에서 일하지 않지만 에이미와 조이를 데리러 온 길에 아는 사람들과 한참 이야기를 나눈다. 한번은 집에 가는 길에 엄마가 상자거북 두 마리가 차도를 건너는 걸 보고 차를 세운다. 집에 와서는 거북이들을 커다란 주석 양동이에 담아 집 앞 포치에 내놓고 점심과 저녁때 먹고 남은 음식물을 옆에 넣어 준다. 그런데 얼마 안 가 거북이들 등딱지 안쪽으로 구더기가 낀다. 한자리에 너무 오래 머무른 탓이라고 하고, 그래서 하는 수 없이 거북이들을 풀어 주어야 한다.

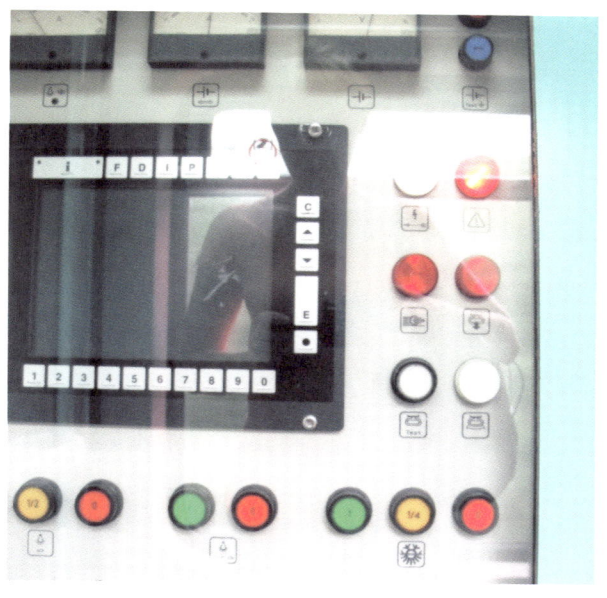

단어 하나하나는 상극인 의미도 다 수용할 만큼 크고 넓은 낱낱의 세계와 같아. 예를 들어 left는 남음과 떠남을 모두 의미하고, oversight은 감독과 간과를 나란히 담고 있지.

## 메덱스 매장에는 두 아이가 결코
## 가까이 가지 않는 진열대가 있다

어느 날 문득, 부모님이 외출한 사이 둘이 몰래 메덱스에 가 볼 수 있겠다는 생각이 든다. 처음으로 글을 깨쳤을 때처럼 세계가 활짝 펼쳐지는 기분이다. 왜 여태 둘이서 가 볼 생각을 못 한 건지 통 모르겠고, 그럼 이전에는 어땠는가 하면 솔직히 그것도 잘 기억나지는 않는다.

메덱스의 그 진열대에서 자매는 생리대와 탐폰을 발견하고 애초 이런 생리용품을 구경하러 온 것이기도 하지만 그 외에도 상상치 못하던 것들을 본다. 인티미트 여성 청결제, 인티미트 와싱 세트, 펌프형 개인용 윤활제. 둘은 시야를 점차 넓힌다. 그러자 콘돔과 성 건강을 위한 의약품, 소변으로 아기가 생겼는지 알려 주는 임신 검사기가 눈에 들어온다.

자매는 얼떨한 기분으로 각기 저금한 돈을 합쳐 탐폰 한 상자, 콘돔 한 상자를 사서 나누고, 임신 검사기는 각각 하나씩 두 세트를 사기로 의견을 모은다. 조이는 돈을 마구 쓰는 편이라 에이미가 저금한 돈이 더 많긴 하지만, 조이의 경우 본인이 아무리 항의해도 나이가 어리다는 이유로 매달 에이미보다 용돈을 3달러 적게 받는 것도 사실이다.

에이미는 정작 계산대로 가 물건을 사는 일은 조이에게 시킨다. 직접 하자니 민망해서 부모님이 곧 따라 들어올 거란 듯이 문가에 서서 기다린다. 조이는 언니에게 화를 내기에는 너무 흥분한 상태고, 집에 돌아가는 길 내내 밀매품이 든 봉투를 앞뒤로 흔들며 까불거린다. 둘은 집에 도착하자마자 포장 상자를 열고 사용 설명서를 돌아가며 살핀다. 이어 차례대로 임신 검사기에 대고 오줌을 눈다. 탐폰을 정말로 사용할 것인가 의논한다. 엄마가 강간에 대해 설명해 준 뒤로 에이미와 조이는 커서 일어날 일을 걱정하는 버릇이 생겼다. 엄마는 둘 중 누구든 강간을 당하는 일이 생기거든 외삼촌 여자 친구처럼 강간범의 눈을 계속 쳐다보라고, 그렇게 한 덕에 원래는 죽일 생각이었던 강간범이 외삼촌 여자 친구를 가엽게 여겼고 그 덕에 산 채로 풀려날 수 있었다는 걸 꼭 기억하라고 말한다. 외삼촌 여자 친구는 그 남자가 원래는 자기를 죽일 계획이었다고 말했고 총도 있었다고, 그 총으로도 강간을 했다고 말했다. 조이는 총으로 어떻게 강간을 하냐고, 마치 이 이야기에서 그 부분만 빼고 전부 알아들은 듯이 물었다. 엄마는 강간범이 총을 외삼촌 여자 친구의 질에 넣었다고 설명했다.

에이미와 조이는 사용 설명서에 나오는 그림을 본다. 질에 삽입하는 법. 영 모르겠다. 임신 검사기에 오줌을 누는 게 훨씬 재밌다.

두 아이는 인형 상자를 하나 비워 그 안에 몰래 사 온 물건을 다 꼬불쳐 옷장 맨 뒤쪽 구석에, 신발 뒤로 깊숙이 밀어 넣는다. 그러고는 스웨터로 겹겹이 덮어 버린다.

    외삼촌은 그 뒤에 너무 힘들어서 결국 여자 친구와 헤어졌다고 한다. 외삼촌은 알코올 중독으로 죽었다. 자살이 아니라.

**러시아어 문법의 정원에 발들인 에이미 앞에 펼쳐진 일견 무한해 보이는 즐거움 중에서도 유난히 흥미진진한 사실은 현재 시제에서는 be 동사를 생략할 수 있다는 점이다. 예컨대 Amy is in love(에이미가 사랑에 빠졌다)라고 말하고 싶으면 Amy in love(에이미 사랑에)라고 쓰거나 줄표를 넣어 '에이미 — 사랑에'라고 적어도 충분하다**

사샤는 내 선생님이다는 사샤 — 내 선생님이 된다. 사샤는 내 친구다는 사샤 — 내 친구, 사샤는 내 남자 친구다는 사샤 — 내 남자 친구로 충분하다. 나는 미세스 사샤 도로뉴크는 그저 나 — 미세스 사샤 도로뉴크가 될 테고. 모두 이런 식이다. 하지만 과거 시제와 미래 시제에는 이런 지름길이 없다.

두 번째로 흥미로운 사실은 러시아어 문법에서는 명사가 동사와 마찬가지로 어형 변화를 거친다는 점이다. 영어에서 동사 활용에 따라 예컨대 내가 말하다는 I say지만 그가 말하다는 he says가 되듯이 말이다. 이런 어형 변화를 굴절이라고 부른다. 명사의 굴절인 곡용은 주어진 문장 안에서의 역할, 즉 격에 따라 정해진다. 따라서 모든 문장이 일종의 연극이 된다. 연기를 맡은 배우는 어떨 때는 이 인물을, 다른 때는 다른 인물을 연기한다. 연기를 맡은 배우가 개라고 치면, 내가 보는 개 собаку는 나와 무언가를 함께하는 개 собакою와 격 변화가 다르고, 이야기 대상으로서의 개 собаке와 또 다르며 개가 자기 혼자 무언가를 하는 경우, 예컨대 짖는 경우 — собака — 와도 또 다르다. 결과적으로 인물 각각의 연기가 너무나 그들

개개인의 것이 되어 버려서, 문장의 의미를 명확하게 하기 위해 공간이나 시간상의 질서에 의존할 필요가 아예 없다.

　　에이미는 구몬에 한참 심취했던 시절처럼 지금도 이따금씩 모습을 드러내는 학구열에 사로잡혀 격 변화를 암기한다. 에이미는 명확한 게 좋다. 에이미는 규칙이 좋다. 에이미는 모든 게 완벽히 제자리에 있는 점이 좋다. 러시아어에는 다른 사람을 격식을 차려서 그리고 격식을 차리지 않고 호칭하는 법이 있다는 점이 좋다. 사샤와는 서로 격식을 차리지 않고 호칭하는 것이 좋다. 아무리 사샤가 에이미를 가르치는 입장이고 둘이 실은 그리 잘 아는 사이가 아니어도 말이다. 에이미는 격식을 갖춘 호칭에 대해 생각하기 전에는 누군가와 그 정도로 멀어진 느낌이 들 수 있다는 사실도 모르고 살았다. 이제 가까운 사이는 훨씬 더 가깝게 느껴진다. 러시아어에서는 젠더가 항상 표시된다는 점도 좋다. 사샤가 에이미에게 해당하는 형용사 즉 여성 형용사를 쓸 때 마음이 들뜨고, 마찬가지로 사샤가 스스로에게 해당하는 형용사인 남성 형용사를 쓸 때도 마음이 들뜬다.

우리 세계의 법칙, 예컨대 중력과 시간의 법칙은
단어의 세계에는 적용되지 않아.

## 릴레함메르에서 동계 올림픽이 열리자
## 두 아이는 다른 건 모두 잊고 올림픽에만 몰두한다

경기에 너무 심취한 나머지 무려 10분간 사샤 생각을 하지 않을 때도 있다. 놀랍게도 두 아이 모두 우승을 거머쥔다. 우크라이나의 옥사나 바율을 응원하는 조이는 여자 싱글 부문에서 금메달을, 러시아의 예카테리나 고르데예바와 세르게이 그린코프를 응원하는 에이미는 페어 스케이팅에서 금메달을 딴다.

놀랍게도 에이미는 동생이 응원하는 선수가 제법 잘했다고 선선히 인정한다. 바율이 카미유 생상스의 첼로 솔로에 맞춰 선보인 죽어 가는 백조 연기를 특히 높이 평가한다. 두 아이 모두 바율의 백조에 매료되어 테이프를 몇 번씩 돌려 보며 옥사나의 느리고 우아한 날갯짓을 흉내 내려 든다. 팔을 쓰지 않고 다리를 올리는 동작도 연습한다. 다리 찢기도 시도해 본다.

조이가 피겨스케이트 프로그램에서 가장 좋아하는 건 점프 동작이고, 아니나 다를까 집 안에서도 수시로 펄쩍펄쩍 몸을 날린다. 에이미는 스핀을 가장 좋아한다. 백조 공연에서 옥사나 바율은 한 다리로 스핀을 시작해 반대쪽 다리를 뒤로 들어 손 높이까지 올린다. 이어 두 손으로 스케이트 날을 잡으며 몸을 뒤로 구부려 완벽한 동그라미를 만들고, 동그라미가 얼음과 평행이 될 때까지 몸을 낮게 숙인다. 그 자세로 회전을 한다. 에이미는 눈을 감고 회전하는 시늉을 해 보지만 카펫 위에서는 스핀을 하기가 아무래도 어렵다. 그저 어릴 때 플라밍고를 흉내 내던 시절처럼 한 다리로 버티고 서 있을 때가 더 많다.

그렇기는 해도 예카테리나 고르데예바와 세르게이 그린코프를 능가할 선수란 없는데, 이 둘은 스케이트 실력도 완벽하지만 또한 둘이 사랑하는 사이인 데다가 이 세상에서 사샤 빼고 제일 아름다운 사람들이기도 하다. 에이미는 자기가 카티야와 같았으면 좋겠다고, 그리고 사샤야 물론 이미 완벽하지만 그래도 세르게이를 아주 조금 닮았으면 좋겠다고 생각한다. 예카테리나 고르데예바는 이 세상에서 제일 아름다운 여자다. 청초하고 말간 얼굴, 어여쁜 파란 눈과 언제나 뒤로 깔끔하게 정돈해 묶은 매끈한 갈색 머리. 체격은 아주 작다. 에이미는 자기도 저렇게 작으면 좋겠다고 생각한다. 그럼 원하는 곳 어디든 숨고 몸도 더 쉽게 웅크릴 수 있을 텐데.

두 사람이 서로 주고받는 눈길, 그들의 동작 하나하나, 심지어 트리플 기술마저 동시에 딱딱 맞추어 해내는 능력, 세르게이가 예카테

리나를 머리 위로 번쩍 치켜들 때의 느린 동작. 예카테리나를 향한 사랑의 감정을 곱씹는 듯이, 예카테리나가 깃털만큼 가볍다는 듯이. 그리고 세르게이가 실수로 자기를 떨어뜨려 빙판에 머리라도 박는 날에는 그대로 죽을 수도 있다는 사실을 전혀 알아차리지 못한 듯 허공에 몸을 누이는 예카테리나까지. 에이미는 예카테리나 고르데예바와 세르게이 그린코프의 모든 걸 사랑한다.

에이미는 러시아 사람이 되고 싶다. 하지만 러시아는 오클라호마에서 엄청나게 멀고 어떻게 갈 수 있는 곳인지도 사실 모르겠다. 에이미는 트렁크도 없고 부모님에게 매달 받는 용돈은 13달러다. 할머니 할아버지는 조금 형편이 낫다는 걸 알지만 러시아 사람을 달가워하지 않는 두 분에게 부탁할 수는 없는 노릇이다.

에이미는 고민하고 고민하지만 끝내 아무런 해답을 찾지 못한다.

아무래도 나는 공간은 물론 시간마저 마음대로 건너뛰고
중력 따위 거스르겠다는 각오로 여행에 몸을 내던진
경우로 봐야 할 것 같아.

## 조이는 여전히 발작을 일으키지만
## 예전만큼 자주는 아니고 그 정도도 약한 편이다

발작보다는 몸이 부분적으로 씰룩이는 수준이다. 오른쪽으로 치우쳐 요동하는 두 눈, 앞뒤로 까딱이는 오른손 엄지, 움직이지만 말이 나오지 않는 입술. 하지만 경련은 오래지 않아 멈추고 그 뒤로는 상태가 괜찮아져서 병원에 가지 않아도 된다.

그래도 여전히 피를 뽑고 CAT 스캔, 아니, 이제는 CT 촬영이라고 부르는 검사를 받으러 가긴 해야 한다. 검사 영상을 통해 조이 뇌에 생긴 구멍을 볼 수가 있는데, 그 생김새가 꼭 소행성과 충돌한 달 같아서 의사들이 아이스크림 주걱으로 종양을 파낸 건가 싶다. 검은과부거미에 다리를 물린 뒤로 그 자리에 구멍이 생겨 버렸다는, 그래서 구멍에 비밀 쪽지를 숨겨 다닐 수 있었다던 캠프 왈루힐리의 카운슬러도 떠오른다.

에이미는 조이가 각별히 좋아하는 유명인 몇 사람 앞으로 편지를 보낸다. 그렇게 해서 받은 답장을 이런 상황에 대비해 아껴 둔다. 이때다 싶은 순간에 예상치 못한 깜짝 편지로 조이를 놀래 주면 주삿바늘과 검사 기계에서 나는 소음 같은 무시무시한 것쯤은 죄다 잊지 않을까 싶어서다. 에이미는 옥사나 바율의 자필 서명이 들어간 사진을 받는다. 사진이 망가지지 않도록 에이미는 아빠에게 드러그스토어에 데려가 달라고 부탁해 투명 플라스틱 액자를 1달러 50센트 주고 산다. 이번에는 조이의 신경을 돌리는 데 성공할 거라는 예감이 든다. 하지만 조이는 여전히 겁을 먹고 울음을 터뜨린다. 한바탕 울고 나서 에이미가 가져온 사진을 아무 말 없이 한참 들여다보기는 하지만.

에이미는 빅토르 페트렌코에게는 타자기로 친 편지를 받고 폴 사이먼에게는 손으로 쓴 짧은 메모를 받는다. 닥터 수스에게도 편지를 써 보려다가 닥터 수스는 이미 죽었고 저희 둘이 여태 그 사실을 모르고 있음을 알게 된다.

조이의 상태가 호전될수록 부모님이 에이미와 조이만 집에 두고 외출하는 시간도 점점 길어진다. 두 아이는 라디오에서 나오는 노래를 카세트테이프에 녹음하고 음악에 맞춰 춤안무를 구상한다. 아주 오랫동안 자매가 가장 좋아하는 노래는 솔트 앤 페파의 「Shoop」이다. 가사의 아리송한 말뜻을 고민하며 둘은 립싱크가 가능한 부분이 나오기를 기다린다. 가사가 어느 정도 들린다 싶어도 그 뜻을 다 이해할 수 있는 건 아니다. 조이는 막대 사탕처럼 그를 핥아 봐, 라는 가사를 따라 하기 좋아하지만 모니카 르윈스키 사건이 터지기 무려 4년 전인만큼 에이미도 조이도 이 노래 가사가 시사하는 바를 헤아릴 길이 없다. 단지 섹스와 관련된 내용이라는 정도를 알 따름인데, 이 사실만으로도 둘이 노래에 집착할 이유는 충분하다.

그런데 조이에게 다른 문제가 자꾸 생긴다. 예를 들어 온갖 것에 알레르기를 일으키기 시작한다. 어느 날 저녁에는 포도 주스에 알레르기를 일으켜 입술이 퉁퉁 부어오른다. 엄마 아빠가 집에 와서 왜 조이를 때렸냐고 에이미를 몰아세운다. 잠깐 동안이지만 엄마가 아주 꼿꼿한 자세로 서서 이제 더 이상 조이를 에이미와 혼자 남겨둘 수 없겠다고 말한다. 에이미는 주방 가위로 엄마를 찌르는 상상을 한다. 피가 튀는 걸 상상한다. 에이미는 그대로 돌아서서 침실로 가 눕는다. 뒤쫓아 온 개가 방 이곳저곳을 킁킁거리며 돌아다니더니 다람쥐 집에 코를 들이민다.

사실은 나, 사샤와의 일만 바꿀 수 있으면
뭐든 하겠다는 마음으로 여태 살았어.

## 1995년에 세 가지 사건이 벌어진다

에이미는 열세 살로 9월이면 열네 살이 된다. 조이는 11월에 열 살이 되었다.

첫 번째 사건은 4월 19일 아침에 벌어진다. 에이미와 조이는 아빠가 어릴 때 갖고 놀던 링컨 로그로 집을 짓는 중이다. 링컨 로그는 레고의 전신 격인 블록형 장난감으로 이름 그대로 양 끝에 홈이 팬 통나무(로그) 모양 블록으로 구성돼 홈을 맞대 구조물을 조립할 수가 있다. 최근에 토네이도 경보가 내려졌을 때 할머니 할아버지네 복도 벽장에서 발견한 이 세트는 상태가 워낙 양호해서 한 번도 사용하지 않은 새 제품 같다. 그런데 문제가 하나 있다. 에이미와 조이가 다져 둔 집의 기초를 개가 자꾸 들쑤셔서 망가질 위험이 있다는 건데, 그래도 조이는 조립 중인 집을 밖에 보관하는 건 싫다고 한다.

평소 점심시간이 되어서야 집에 오는 엄마가 10시밖에 안 됐는데 집에 들이닥친다. 잔뜩 상기된 얼굴로 엄마는 아무 말도 없이 TV를 켠다.

팔다리가 잘려 나간 몸. 알프레드 P. 머라 빌딩의 잔해가 화면을 메우는 순간 연상되는 이미지다. 노출된 철근은 속을 드러낸 장기 밖으로 뻗친 끊어진 동맥만 같고, 건물 외벽이 통째로 떨어져 나갔다. 화면에 이 이미지가 뜨는 순간, 링컨 로그 상자로 향하던 에이미의 손이 허공에 얼어붙는다. 아빠가 서재에서 나온다. 엄마가 절망에 찬 격한 동작으로 아빠를 향해 돌아선다. 두 눈이 반들거린다.

9.11로부터 6년 앞서 벌어진 오클라호마 시티 폭탄 사건으로 나라는 쇼크에 빠지고 에이미와 조이는 마비 상태가 된다. 오후가 되면서 성인 열네 명과 아이 여섯 명이 사망한 걸로 확인이 된다. 머리에 피를 뒤집어쓴 갓난아기를 안은 소방원의 사진이 신문마다 반복해 실린다. 갓난아이는 결국 죽고 만다. 조이는 울음을 멈추질 않는다. 에이미는 속이 뒤집힌다. 이게 대체 무슨 상황인지 아무도 납득하지 못한다. 그날 저녁 네 식구는 할머니 할아버지 집에 간다. 저녁 내내 누군가가 수화기를 붙들고 오클라호마 시티에 사는 사촌들과 통화를 하거나 텍사스나 미주리에 사는 다른 사촌들에게 소식을 알린다. 가족이 아는 사람 중에 직접 영향을 받은 사람은 없다. 하지만 그런 건 아무래도 상관없는 기분이다. 내 집 뒷마당에서 벌어진 일만 같다. 그날 밤은 처음으로 네 식구 모두가 할머니 할아버지 집에서 잠을 잔다.

두 번째 사건은 O. J. 심슨 재판의 배심원단 평결이다. 이번에는 전 국민이 준비가 돼 있다. 도미노 피자는 배심원단 평결이 이뤄지기 직전 한 시간 동안 회사 설립 이래 최다 주문이 접수됐으며, 단 중부 표준시로 12시에서 12시 5분까지의 몇

분 동안은 미합중국을 통틀어 단 한 판의 피자 주문도 들어오지 않았다고 보고한다.

에이미와 조이는 털사 주니어 칼리지의 중앙 회관 한가운데 설치된 대형 TV 화면으로 평결을 본다. 수백 명에 이르는 학생과 몇몇 교수와 강사들이 회관에 모여 각기 앉거나 서거나 쪼그린 채 시간이 되길 기다린다. 에이미와 조이는 2층 발코니에 있다. 아빠가 회의를 하러 들어간 사무실 앞에 서서 사샤가 보이는지 인파를 살핀다. 화면에서 어떤 여자가 우리 배심원단은 상기 소송에서 피고 오린설 제임스 심슨이 인간 니콜 브라운 심슨에 대한 중죄로서 형법 187(a)조를 위반하는 살해 범죄를 저지른 혐의에 대해 무죄 평결을 내린다고 말하고, 그 순간 에이미와 조이 뒤로 문이 열리며 아빠가 밖으로 걸어 나오더니 평결문 낭독을 놓친 걸 보곤 에이미와 조이가 아직 사샤를 찾지도 못했는데, 찾으면 동화에서처럼 발코니에서 손을 흔들어 인사를 할 계획이었는데 이만 집에 가자고 말한다.

오클라호마 시티 폭탄 사건과 O. J. 심슨 평결 선고 사이에는 할머니 할아버지네 마당에 핀 무궁화와 무궁화 틈을 날아다니는 벌새와 수박과 에이미가 조이에게 이끌려 급기야 끌려들고 마는 수박 싸움과 예카테리나 고르데예바와 세르게이 그린코프가 엘라 피츠제럴드의「The Man I Love」라는 노래에 맞춰 선보이는 완벽한 공연으로 가득 찬 여름이 펼쳐진다. 에이미는 그로부터 수년에 걸쳐 이 연기와 이 노래를 사랑의 유일한 정의로 삼을 것이다. 얼음 위로 다가오는 그를 기다리는 그녀의 몸가짐, 가까워지는 그의 모습에 환해지는 그녀의 얼굴. 그녀의 말갛고 수수한 아름다움. 그에 의해 공중으로 내던져질 때마다 매끄러운 동작으로 착지하고 마는 그녀의 모습, 공중회전을 몇 차례 했건 얼마나 빠른 속도로 움직이고 있건 실수하는 법 없이 한 발로 부드럽게 착지하고 마는 완벽함.

저리도 완벽하게 호흡을 맞추기까지 두 사람은 얼마나 많이 떨어지고 넘어져야 했을까? 아니면 처음부터 저리 완벽했을까? 두 사람은 세르게이가 열네 살이고 예카테리나가 열 살일 때부터 같이 스케이트를 탄 사이다. 둘이 서로 사랑하고 있다는 것도 처음부터 알았을까?

에이미는 자기와 사샤도 언젠가는 저들처럼 되리라 확신한다. 초반에야 넘어지고 실수도 하는 단계를 거치겠지만, 실은 바로 지금 그 단계를 지나고 있는 거라고 본다. 하지만 머지않아 호흡이 딱딱 맞게 될 테고 그러면 모든 게 완벽할 거다.

1995년 11월 20일, 세 번째 사건이 일어난다. 에이미는 뉴스를 보고 집으로 전화를 건 할머니에게서 소식을 듣는다. 도무지 말이 안 되는 일이라서 에이미는 아무 생각도 할 수가 없다. 조이가 격분하고도 남게도 에이미는 그간 녹화한 피겨스케이트 테이프를 몽땅 내버린다. 그뿐이 아니다. 피겨스케이트를 화제 삼는 것도 금지하고, 스포츠, 얼음, 사랑, 행복, 아름다움과 관련된 얘기라면 언급은 물론 암시하는 것조차 허락하지 않는다. 스물여덟 살 나이에 심장 마비로 숨지면서 예카테리나 고르데예바를 말도 안 되게 혼자 남겨 둔 세르게이 그린코프의 이름을 입에 올리는 건 당연히 금지다.

오클라호마 시티 폭탄 사건 이후로 조이는 밤에 에이미를 붙들고 자는 버릇이 생겼다. 조이의 팔다리가 나날이 무거워져서 에이미는 그해 연말 들면서는 한밤중에 동생의 팔다리를 밀쳐 내고, 계속 이러면 복도에 이불 대신 인형을 깔고 자게 만들겠다고 으름을 놓는다.

에이미는 동생에게서 돌아누우며 보라색 문어 인형을 끌어안는다. 예전에 병원에서 만났던, 에이미가 반칙을 했다고 가장 먼저 주장했고 지금은 아마도 죽었을 백혈병에 걸린 남자아이가 떠오른다. 에이미는 잠을 설친다. 에이미는 악몽이 너무 싫고 사실이 나오는 악몽은 더더욱 싫다.

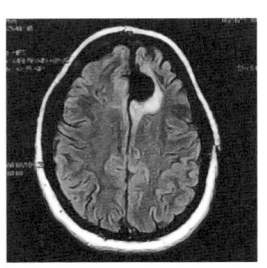

## 사샤와 에이미는 1년 차
## 러시아어 교재를 거의 다 뗐다

교재의 마지막 장 제목은 '식탁 차리기'이다. 단수 여격과 서수 序數를 다룬 장이다. 복수 여격과 기수는 2년 차 교재에서 배우게 될 텐데, 그에 앞서 두 사람은 시를 공부하기로 했다.

　1년 차 교재 마지막 장의 소제목은 '장보기', '나이', '호감, 필요, 불확실성과 욕망의 표현'과 '시계로 보는 시간'이다. 에이미는 호감, 필요, 불확실성과 욕망을 표현하는 문장에서 단수 여격을 사용할 때마다 자기감정이 탄로 날 것만 같은 기분이 들어 최대한 음식에 관한 문장만 만든다.

　하루는 사샤가 자기는 에이미네 집에서 평생 다른 어디에서도 느껴보지 못한 편안함을 느낀다고 말한다. 사샤는 이 말을 엄마에게 하지만, 에이미는 그 말이 정말로 염두에 둔 사람이 자기라는 걸 안다.

같이 어디 갈 때마다 넌 손을 잡자 하고 난 싫다고
뿌리치던 거 기억해? 우리 둘이 아직 작고 어릴 때도
난 우리가 손을 잡기엔 너무 컸다고 생각했어.

**조이는 마지못해 다람쥐들을 풀어 주지만,
에이미는 동생이 다람쥐들이 자발적으로
돌아오기를 내심 바란다는 것과 그런 일은
결코 일어나지 않으리라는 걸 안다**



그래서 조이에게 땅콩버터를 바르고 감자칩을 넣은 뒤 식빵 가장자리를 잘라 낸 샌드위치를 만들어 주고, 오후 내내 「알라딘」과 「미녀와 야수」를 같이 보고 모노폴리 게임에서 조이가 이기게 봐준다.

저녁을 먹고 나서는 방에서 '사샤가 만일'을 하며 논다. 사샤가 만일 동물이었다면 분명 미어캣이나 반딧불이나 남아프리카산 사냥개나 황새치였을 거라고 조이가 말한다. 하지만 에이미는 아니라고, 파랑새였을 거라고 우긴다. 사샤가 만일 악기였다면 첼로였을 거라고 에이미가 말한다. 조이는 드럼이었을 거라고 한다. 에이미는 사샤가 드럼을 칠 줄 안다고 그  냥 그렇게 말한 거 아니냐면서 사샤가 연주하는 악기와 사샤 본인이 어느 악기인가가 반드시 같아야 하는 건 아니라고 동생에게 알려 주고, 동생 품에서 벗어나려 발버둥 치는 개를 바라보다가 조이가 좀 전에 화이트사이드 공원에 갖다 놓은 오렌지와 바나나를 떠올리게 되고 조이가 이제 비가 오거나 날이 춥거나 더울 때마다 다람쥐들이 잘 지내고 있을까 스스로에게 계속 물어보리라는 사실과 이런 걱정이라면 에이미로서도 조이로서도 사실상 처음 해 보는 종류의 걱정이라는 데까지 생각이 미치어, 결국 이 모든 걸 고려해 조이에게 그래 좋아, 사샤가 드럼이라 하자고 말하지만 그 와중에도 속으로는 사샤가 앉아 있을 때나 진지한 생각에 잠길 때마다 짓는 표정으로 보아 사샤는 악기 중에서도 의심의 여지없이 첼로이리라는 걸 내심 확신한다.

## 사샤가 나오는 연극을 보러 가는 날 에이미는 향수를 뿌려 본다

화석 서랍에 넣어 둔 신발 상자에서 '해바라기'라는 이름이 적힌 작은 샘플 병을 꺼내 화장실 문을 잠그고 — 화장실 문을 잠그는 건 감전 사고의 위험 때문에 금지돼 있지만 — 조심스럽게 손목에 향수를 뿌려 본다. 가족에게 비웃음을 살 거라고 반쯤 예상하고 차에 타지만 너무 조금 뿌린 건지 공연장에 가는 길에 아무도 향수에 대해 말하지 않는다.

에이미는 연극에는 관심이 없다. 사샤가 등장하기만을 기다린다. 사샤가 드디어 무대에 오르고, 그러자 다른 관객들이 저희도 기다리고 있었다는 듯이 박수를 친다. 날벼락 같은 질투심이 몸을 스친다. 사샤에게 다른 친구들이 있는 거야 아무래도 좋지만, 그중에는 여자도 있다.  하지만 이제 사샤가 무슨 말인가 하고 있다. 차분하고 안정감 있고 남성적인 사샤의 목소리가 공연장을 통째로 집어삼키듯 주위의 모든 걸 뿌리 뽑고, 심지어 대사조차 삼켰거나 그게 아니라면 에이미의 뇌가 그 단어들을 처리할 능력을 잠시 상실한 기분이다. 에이미는 단어 대신 사샤의 음성에 귀를 기울인다. 강한 동유럽 억양이 가늠되기는 하지만 그조차 말보다 음악으로 다가온다.

에이미는 사샤의 얼굴을 본다. 긴장해 잔뜩 굳은 모습이지만 동시에 열려 있다. 에이미는 사샤의 손을 본다. 크지만 섬세하다. 에이미는 그와의 첫 키스를 상상해 본다. 우선은 눈을 감겠지. 그다음은 상상이 안 된다. 에이미는 자기가 키스를 못하면 어쩌나 걱정한다. TV에서 키스하는 장면이 나올 때마다 유심히 보고 화장실 문을 잠그고 문어 인형의 얼굴에 대고 연습을 할 때도 있지만, 그래도. 사샤가 러시아어를 가르쳐 주는 것처럼 키스하는 법도 가르쳐 줄 수 있을지 모르겠다. 사샤가 놀리지는 않았으면 좋겠다. 그런데 어쩌면 에이미도 걱정하는 것만큼 키스를 못하는 건 아닐지 모른다. 뭐든 시키고 보면 잘해 내고 생각지도 못하던 소질마저 보이는 게 에이미니까. 어쨌거나 할머니는 그렇게 말한다.

콘돔과 함께 온 설명서의 그림을 보긴 했지만, 사샤에게 성기가 있다는 사실은 여전히 믿기 어렵다. 사샤와 자기가 머리부터 발끝까지 몸을 맞대고 눕는 걸 상상하는 게 좋기는 한데, 막상 벌거벗은 자기 몸을 머리에 그려 보려 하면 영 그려지지 않고, 사샤의 몸은 더더욱 그려지지 않는다. 에이미는 사샤가 졸업식 날 임시로 이별 인사를 건네며 자기를 포옹하는 모습을 상상해 보지만, 포옹을 할 때는 몸의 모든 부위가 밀착하는 건 아니잖아? 기껏해야 어깨부터 턱까지 닿는 정도에 등과 손이 짧게 스칠 뿐이지.

　예카테리나 고르데예바를 생각할 때마다 에이미는 예카테리나는 세르게이 그린코프를 잃은 반면 자기에게는 사샤가 있다는 사실에 죄책감을 느낀다. 그렇다고 사샤를 사랑하는 마음을 참을 수 있는 것도 아니고, 그래서 에이미는 네 탓이 아니라고 스스로에게 말해 준다. 에이미는 사샤가 한 모든 말을 사랑하고 앞으로 할 모든 말을 사랑하며 앞으로 할 모든 행동과 지금까지 한 모든 행동을 사랑한다.

　연극이 끝난 뒤에는 파티가 열린다. 에이미와 조이는 왼발 오른발을 번갈아 디디며 방 한구석에 어정쩡하게 서 있다. 둘 다 교회에 갈 때 신는 신발을 신었다. 둘 다 말이 없다. 그저 사샤가 무대 뒤에서 걸어 나오길 기다릴 따름이다.

　이윽고 사샤가 나타난다. 사샤는 나오자마자 에이미와 조이를 알아보고 밝은 인상이 된다. 하지만 그걸 보고 에이미는 도리어 움츠러든다. 너무 좋아서 믿기지가 않는다. 에이미는 뒤로 슬쩍 물러서며 어깨로 조이를 보호하려 들지만 조이가 의도를 오해하고 에이미를 밀치고, 에이미는 뭐라 설명해야 좋을지 몰라 반발하지 않는다. 다음 순간 사샤가 에이미를 두 팔로 꼭 부둥켜안는다. 에이미는 사샤의 향수 냄새와 땀 냄새와 사샤가 담배를 피우지 않는 걸 알기는 하지만 그럼에도 풍기는 담배 냄새 같은 냄새와 그 외에도 해독할 수 없는 여러 냄새를 들이쉬고, 급기야 해독을 포기하고 뒤로 물러서려 드는데 사샤가 에이미를 놓아주지 않는다. 에이미는 사샤와 가

숨이 맞닿은 걸 깨닫고 사샤의 팔에서 몸을 빼내려 비틀며 상체를 수그리고, 그제야 사샤도 에이미를 놓아준다.

하필 그 순간에 생리가 터지고 말아서 에이미는 피가 다리를 타고 흐르는 걸 느낀다. 하지만 당장 확인할 수도 없는 상황인 데다 조이와 공유할 암호를 발명해 내는 데 성공한 적이 한 번도 없다 보니 다른 사람들 몰래 조이에게 물어볼 방도가 있는 것도 아니다.

부모님이 다가오는 걸 보고야 에이미는 숨을 내쉰다. 사샤는 그새 조이를 안고 있는데, 그건 경우가 전혀 다르다. 엄마가 다 같이 사진을 찍자고 말하지만 에이미는 자리를 피해 화장실로 향한다.

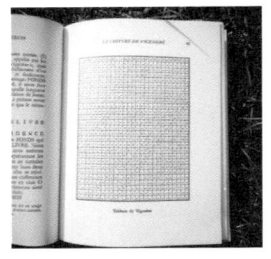

피가 하나도 안 보인다.

주차장을 가로지르는 길에 엄마가 사샤가 오늘 좀 취했던데, 라고 말한다. 에이미와 조이는 아연실색해 아빠가 엄마 말을 바로잡아 주기를 기다리지만 아빠는 말이 없다. 조이가 팔을 뻗어 에이미의 손을 잡으려 들지만 에이미는 손가락을 꿈틀대 조이의 손아귀에서 빠져나온다.

레드 로버 놀이를 할 때만은 예외였어. 우리 둘이 너무나
완벽한 콤비여서 아무도 갈라놓을 엄두를 못 냈던 거 기억하지?
(이건 아르헨티나의 우리 동네 근처에서 찍은 사진이야.)

## 사샤가 졸업할 날이 멀지 않았다는
## 사실을 모두 알고 있다

졸업 날짜가 가까워지면서 식구들은 대책을 고민한다. 아빠가 에이미를 2년제 지방 전문대에 데려가 보자고 제안한다. 거기에 가면 러시아어 수업도 들을 수 있다고 한다. 그런데 막상 수강 등록을 하러 갔더니 학교 비서가 대학 수능 시험부터 보고 오라고 말한다.

    부모님은 머리를 맞댄다. SAT 시험을 치르려면 23달러를 내야 하고 아빠는 그새 또 일자리를 잃었기 때문인데 그래도 부모님은 에이미가 시험을 보게 하자고 정한다. 그러고는 당장 다음 시험 일자에 시험을 볼 수 있도록 응시 접수까지 마친다. 러시아어 수업을 듣기 위한 자격 요건을 갖추려면 에이미는 백분위 60점 이상의 점수를 받아야 한다. 아빠는 걱정 말라고, 이 시험은 에이미보다 나이가 많은 아이들을 위한 시험이니 점수가 높게 나오지 않아도 상관없다고 얘기한다.

    그런데 막상 에이미의 시험 결과를 받아 보니 점수가 완벽하다.

에이미는 백분위 60점이 아니라 99점대에 들었다. 이에 부모님은 새로이 묘안을 낸다.

## 대학 조기 입학은 흔한 일은 아니어도
## 고졸 학력 인증서 없이 가능한 일이기는 하다

성적이 좋고 평균 표준화 시험 결과가 아주 좋아야 하며 면접도 잘 봐야 한다. 에이미는 예의 바른 아이로, 무뚝뚝한 태도 때문에 — 실은 무뚝뚝한 게 아니라 수줍음이 많고 사람을 선뜻 믿지 못하는 것 뿐이지만 — 성숙한 것으로 오해를 받는 경우가 종종 있다. 에이미는 털사 대학교로부터 입학 허락을 받고, 기숙사비와 식비를 포함한 전액 장학금까지 약속 받는다. 이른바 대통령 장학생으로 선발된 것이다.

다른 대학에서도 입학 허락을 받았지만 그중에는 전액 장학금을 준다는 곳이 한 군데도 없었다. 게다가 에이미는 아직 열다섯 살밖에 안 됐으므로 집에서 가까운 곳에 다녀야 한다고 부모님이 말한다. 부모님은 털사 대학교를 좋아한다. 털사 대학교의 마스코트는 골든 허리케인인데 이제 식구들은 골든 허리케인 팀이 농구를 할 때마다 TV로 경기를 챙겨 본다.

에이미는 입학 등록을 마친다.

에이미는 이제 조이는 생각하지 않고, 앞으로 닥칠 걱정도 생각하지 않는다. 조이는 사라졌다. 에이미는 자기 인생이 영원히 그리고 전적으로 달라지는 기로에 서 있다는 점도 생각하지 않고, 설사 생각한다 해도 그 변화가 사샤와 자기 관계에 어떤 영향을 미칠 것인가의 차원에서만 생각한다. 사샤는 이제 다른 곳으로 이사를 가지만 언젠가 방문을 올 수도 있고, 그때면 에이미도 대학생이 되어 있을 테니 여자 친구가 되려면 알아야 하는 모든 걸 다 배웠을 거다. 그럼 둘은 결혼을 해도 된다. 결혼식 때 에이미는 신랑보다 키가 커지긴 할 테지만 커 보인대도 꼭 하이힐을 신을 거다.

　이 모든 걸 에이미는 사샤에게 차마 보내지 못할 편지에 쓰고 이 편지들을 신발 상자에 보관하는데, 어느 날 에이미가 거실에서 책을 읽고 있다고 생각한 동생이 편지를 꺼내 읽다가 에이미에게 걸리고 만다. 에이미는 한시의 머뭇거림 없이 왼손으로 신발 상자를 낚아채는 동시에 주먹 쥔 오른손으로 동생의 배를 친다.

　조이가 비명을 지른다. 부모님이 방으로 달려온다. 허리를 굽히고 우는 조이와 주먹을 쥐고 꼿꼿이 서 있는 에이미의 모습이 부모님을 맞는다. 에이미는 각오를 단단히 한다. 동시에 묘하게 초연해진다. 이 모든 게 자기와는 아무 상관도 없는 일인 것처럼.

　그런데 놀랍게도 동생이 거짓말을 한다. 생리통 때문에 그랬다고 둘러댄다. 그날 밤 에이미는 엄마의 엄마가 만든 퀼트 아래 누워 겉으로 삐져나온 실밥을 뜯으며 수족관 바닥에 깔린 자갈을 빨아 대는 메기를 본다. 동생의 고르고 무거운 숨소리를 듣는다. 둘이 지닌 비밀을 하나씩 헤아려 본다. 에이미 혼자 가진 비밀로는 여태 조이 몰래 숨겨 놓은 사진들과 어느새 수십 개에 이르게 된 사샤와 연관된 크고 작은 비밀 외에도, 에이미만의 비밀 미래와 비밀 슬픔이 있다.

여기에 에이미가 세계로부터 지키기 위해 고안해 낸 여러 기호와 상징의 미로 속에 간직된 비밀과, 조이가 끝내 읽는 법을 배우길 거부한 수많은 쪽지에 담긴 우연한 비밀을 더하라.

이제 그 숫자에서 에이미는 입장이 금지되었던 병원의 여러 비밀 방과 그곳에서 조이에게 자행된 에이미로서는 영영 알 길이 없는 온갖 것들을 제하라. 조이가 그날 저녁 에이미를 보호하려 부모님에게 거짓말을 했듯 에이미에게도 하고 있을지 모르는 거짓말을 모두 제하라.

그거 알아? 문어는 소통할 줄 아는 건 물론이고
마법을 부리듯 자기 겉모습 색깔과 질감을 바꿔 가며
위장할 줄도 안다는 거?

## 사샤의 졸업식을 앞두고 에이미와 조이는
## 사샤에게 마지막 수업을 받는다

조이는 우크라이나 민요를 지난 한 달에 걸쳐 외우려 애쓰며 개와 인형들을 앞에 앉혀 두고는 물론이고 자동차나 자전거를 탈 때마다 노래를 연습해 왔다. 이 민요는 어떤 남자애와 데이트를 하기로 약속하고는 한 번도 약속을 지키지 않는 여자애에 대한 가사를 담은 노래다. 노래는 월요일에 시작한다. 월요일에 페리윙클 꽃을 따러 같이 가기로 여자애는 약속하지만 끝내 나타나지 않는다. 화요일에는 남자애와 마흔 번 입을 맞추기로 약속하고서 나타나지 않는다.

> Ти казала в понеділок
> Підем разом по барвінок
> Я прийшов, тебе нема
> Підманула, підвела.

> Ти казала у вівторок
> Поцілуєш разів сорок
> Я прийшов, тебе нема,

Підманула, підвела.

노래는 일곱 요일을 다 담고 있지만 조이는 월요일과 화요일 이틀에 해당하는 가사와, 남자애가 여자애의 무심함에 얼마나 크게 상심했는지 되풀이하는 후렴구밖에 외우지 못한다.

에이미와 조이에게 모든 남자애는 곧 사샤로 통하는 만큼, 남자애와 데이트를 하기 원치 않는 여자애가 존재한다는 사실부터가 납득되지 않는다. 에이미는 동생이 노래 가사를 다 외우지 못하는 것도 그래서인지 모르겠다고 속으로 생각한다.

조이가 노래를 준비할 동안 에이미는 향후 몇 년에 걸친 인생 계획을 적은 10페이지 분량의 글을 준비했다. 실은 백만 루블이 생기거든 하고 싶은 일을 조건문을 이용해 글로 쓰는 과제였지만, 자기가 어린아이가 아니라는 걸 사샤에게 보여 주고 싶어 백만 루블을 타거나 받는 시나리오 대신 자기가 직접 번 돈으로 세계 여행을 하는 계획을 조건법이 아닌 미래 시제로 쓴다. 에이미는 이제 대다수 나라 이름을 러시아어로 외울 수 있고 열대 과일 이름과 정글에 사는 동물 이름도 다 알며, 도서관에서 건축에 관한 책을 우연히 발견한 게 계기가 되어 유명한 건축가들 이름을 키릴 문자로 음역해 적으며 이들에게 세계 대륙 중 한 군데에 (대륙 이름도 모두 외웠다) 자기 집을 설계해 달라고 주문할 계획이라고도 글에 쓴다.

여느 때처럼 조이가 먼저 수업을 받을 동안 에이미는 거실에서 기다린다. 조이가 노래를 부르려 드는 동안 에이미는 책을 읽는 척한다. 자기 차례가 오자 에이미는 사샤에게 준비해 온 글을 건네고 조이가 자리를 정리하는 시늉을 그만두고 일어날 때까지 조이 옆에 바짝 버티고 선다. 에이미가 한번 째려보자 조이는 방을 나간다.

사샤는 에이미가 제출한 글을 여느 때처럼 주의 깊고 따뜻한 얼굴로 읽는다. 교향악 연주가 한창 펼쳐지고 있는 무대에서 첼로를 켜는 사람처럼. 에이미는 사샤가 자기를 특출한 제자로 보는지 아니면 괴짜로 보는지 잘 모르겠는 때가 있다. 어쨌거나 에이미가 러시아어 수업에 예상치 이상의 노력을 들이고 있음은 분명하다. 사샤가 글을 읽을 동안 에이미는 사샤의 눈가에 진 조숙해 보이는 웃음 주름과 눈 밑 그늘의 윤곽을 속으로 어루만지고, 오른 손가락 맨 아랫마디로 사샤의 광대뼈를 쓰다듬는다. 사샤가 페이지를 넘길 동안 에이미는 이 동작을 마음속으로 되풀이한다.

모든 게 여느 때와 다름없이 그리고 에이미가 바라던 대로 전개되던 와중에 문득 상상조차 할 수 없는 엄청난 일이 벌어진다. 사샤가 울기 시작한다. 얼굴을 가리지도 않고 눈물을 흘린다. 주전자에서 막 끓기 시작한 물처럼 어깨를 들썩이며. 사샤가 흘린 눈물이 에이미의 글씨 위로 뚝뚝 떨어져 잉크를 희석시키고 글자를 하나씩 흩뜨린다.

에이미는 심장이 멎은 듯하다. 왼팔에 아무런 감각이

없다. 이어 심장이 마구 날뛴다. 이러다 바닥에 쓰러져 누가 구급차를 부를 생각도 하기 전에 갈색 카펫 위에서 죽게 생겼다.

　　잠시 후 에이미는 낯선 혼령이 빙의한 것처럼 자리에서 스르르 일어나 아이스링크 위를 미끄러지듯 사샤를 향해 발을 내딛는다. 왼손 가운뎃손가락 끝이 사샤의 왼쪽 손등을 스친다. 그러자 사샤가 에이미를 와락 붙잡고 에이미와 조이가 절망스러운 순간에 문어 인형이나 다른 인형에 필사적으로 매달리듯이 에이미에게 매달린다. 에이미는 어느새 사샤의 무릎에 앉아 있고, 왼쪽 어깨와 목은 물바다가 된 사샤의 얼굴로 축축해졌다. 사샤가 너무 세게 붙들고 있는 통에 에이미는 옴짝달싹할 수가 없고 숨도 겨우 쉬고 있다 보니 사샤의 등을 어떻게 토닥여 줄 것이며 머리는 어떻게 쓰다듬어 줄지와 같은 고민으로부터 자유롭다. 사샤는 흐느낀다. 에이미는 사샤에게서 나는 냄새를 들이쉰다. 소금기 밴 체취, 아무래도 술 냄새이지 싶은 냄새와 아무래도 담배 냄새이지 싶은 냄새.

　　모기 망이 부착된 포치 문이 끼익 당겨지는 소리와 현관문 열쇠 구멍에 열쇠가 끼워 맞춰지는 소리가 들리고 이윽고 사람들 목소리가 다가온다. 사샤가 에이미를 옆으로 밀치고 부엌을 가로질러 화장실로 뛰어간다. 화장실 문이 잠기는 소리가 들린다. 엄마 아빠는 하던 대화를 계속하며 들어오느라고 에이미의 셔츠와 얼굴이 젖은 걸 보지 못한다. 사샤가 몇 분 후 멀쩡해 보이는 모습으로 나타난다. 그래도 에이미는 사샤를 바로 볼 수가 없다. 사샤가 떠난다. 에이미는 화장실에 들어가 축축해진 바다색 핸드 타월을 얼굴에 댄다. 수건에서 나는 냄새를 깊게 들이마신다.

심장은 세 개나 있고 그 심장이 펌프질하는 건 철이 아니라
구리 성분의 피라는 건?

## 에이미는 사샤와 있었던 일을
## 조이에게 이야기하지 않는다

이제 비밀이 너무 많아져 관리가 안 된다. 이번 비밀만큼은 조이에게 털어놓고 싶다. 그렇게 해서라도 마음의 짐을 덜고 이해되지 않는 이 혼란하고 복잡한 두려움에서 벗어나고 싶지만 이제 에이미와 조이 사이에는 새로운 뭔가가, 일종의 벽이 세워지고 있는 중이어서 그 벽을 기준으로 조이 쪽은 안전하게 남아야 하고 에이미 쪽은 그럴 수가 없다. 에이미에게는 이 벽을 기어오르려는 동생을 말리고 쫓아 버릴 책임이 있다. 엄마가 제아무리 조이를 격려하고 발판을 마련해 준다 해도. 엄마는 재난과 사고가 더 많이 일어나기를 바라는 사람이니까.

    사정이 이렇기에 에이미는 사샤의 졸업식 행사에 가고 싶지 않은 거짓 이유를 지어내 부모님은 물론 조이에게도 거짓말을 한다. 편두통이 났다는 말을 자기부터가 믿을 지경이다. 에이미는 창밖의 덧문까지 닫고 침대에 엎드린다. 퀼트는 걷어차고 문어 인형의 여덟 팔만 어깨에 두른 채로 몇 시간 동안 꿈쩍하지 않는다. 고요에 이르려 애쓴다.

## 두 자매에게 소식을 알리는 사람은 엄마로,
## 엄마는 에이미에게 먼저 이야기를 전한다

1997년 7월 26일이다. 아빠는 로체스터 지방 기술 전문대 여름 학교에서 친구 대신 수업을 맡게 돼 미네소타에 갔다. 아빠에게는 친구가 참 많은 것 같고 그게 왠지 의아할 때가 있는데, 그 친구들 중에 에이미와 조이가 실제로 아는 사람은 드물다. 에이미와 조이는 그 친구들이 다 어디서 나타나는 건지 종종 궁금하다.

　엄마가 이야기를 한다. 에이미는 모르는 사람 대하듯 아, 하고 대답한다. 아 그래, 하려다가 깜빡하고 문장을 끝맺지 않은 사람처럼.

　엄마가 안아 주려 다가오고 그제야 에이미는 몸이 움츠러들며 두 눈이 붉어지고 피가 싸늘하게 식는 걸 느낀다. 엄마가 다시 한번 팔을 뻗는다. 에이미는 있는 힘껏 엄마를 밀친다. 엄마가 휘청하고 뒤로 물러서더니 한순간이지만 어째야 좋을지 모르겠는 표정을 짓는다. 에이미는 앞을 빤히 보며 뒤로 물러선다.

　에이미는 처음에는, 그러니까 스스로를 탓하기 전까지는, 엄마를 탓한다. 그러나 곧 조이가 방에 나타나고, 에이미와 엄마가 조이를 향해 동시에 돌아서고, 셋이 일제히 말없이 서로를 바라보며 서 있다가, 에이미가 돌연 밖으로 뛰쳐나간다.

　에이미는 현관문을 열고 포치 계단을 뛰어내린다. 보도를 달려 진입로를 지나친다. 찻길에 다다라서도 계속 달린다. 뉴헤이븐 길이 끝날 때까지 달리고 달리고 달린다. 이제 남은 숨도 없고 옆구리마저 땅기지만 그래도 멈출 수가 없다. 에이미는 방향을 돌려 느린 발을 터벅이며 두어 블록을 더 뛰어 화이트사이드 공원에 이른다. 그네에 앉는다.

　에이미는 정면을 응시하며 그네에서 흘러내리듯 미끄러져 목재 칩이 깔린 놀이터 바닥에 주저앉는다. 그네 옆구리가 무릎 뒤에 닿는다. 에이미는 손을 놓는다. 무릎을 세워 끌어안는다.

　이제야 들이닥치는 실감에 에이미는 허공에 대고 잘못을 빈다. 미안해 너무 미안해 내가 너무 미안해. 왜냐면 이 짓을 한 건 에이미니까. 에이미는 운이 너무 좋은 나머지 다른 사람들에게 이 세상의 온갖 나쁜 운을 가져온다. 진심으로 사랑한 모든 걸 감염시켰다. 모두에게 독을 주입했다. 그걸 알았어야 했다. 알고 손을 썼어야 했다. 에이미가 손을 썼어야 했다. 에이미가 손을 썼어야 했다.

　이미 늦다니, 어떻게 그럴 수 있지?

　석양이 질 무렵에야 에이미는 집에 돌아가려 일어나는데 그새 방향감을 싹 잃었는지 거리도 블록도 도통 알아볼 수가 없어서 그 모르는 길거리를 오가며 몇 시간은 족히 헤매다가, 어찌저찌하여 길고 납작하게 생기고 까끌까끌한 붉은 벽돌 사이사이 투박한 회색 덩이들이 장식으로 붙어 있는 저희 집을 급기야 찾아내 가족 몰래 집에 들어가 침실까지 살금살금 올라가서는 침대 밑으로 기어들어가 쓰러지듯 잠이 든다.

어렸을 때 난 우리가 문어가 될 수 있다면 좋겠다고
생각했어. 그러면 말이 필요 없을 테니까.

사고나 재난 재해를 생각할 필요도 없고 말이야.
우리 문어들은 양감과 질감, 구리와 물로 이루어졌으니까.

또한 빛으로.

## 에이미는 조이에게서 벗어나기 위해
## 앞마당과 뒷마당 중간의 배나무 아래로
## 활동 거점을 옮긴다

에이미는 아직 사샤가 돌아오리라 기대하고 있다. 엄마는 딸들에게 일부러 상처를 주려 드는 거짓말쟁이다. 에이미는 사샤를 호출하려는 듯이 하루 종일 러시아어 숙제만 한다. 뜨겁게 내리쬐는 햇살에 주근깨가 얼마나 많이 그리고 꾸준히 생겨나는지 도무지 다 셀 수가 없다. 바람이 거세진다. 에이미는 2년 차 교재에서 아직 풀지 않은 문제와 남은 과제를 다 마치고, 첫 장으로 돌아가 처음부터 다시 시작한다.

    식사 시간에는 아무래도 조이를 피하기 어렵지만 대신 절대로 말을 걸지 않는다. 음식을 입에 최대한 빨리 욱여넣은 뒤 화장실로 달려가 변기에 내뱉는다. 에이미는 금식 투쟁 중이다. 사샤가 돌아올 때까지는 밥을 먹지 않을 작정이다. 다음 주 목요일 3시 28분에 사샤는 아무렇지 않게 나타나 여느 때처럼 현관문을 두드릴 거다.

    에이미와 조이는 서로 전혀 모르는 사이인데 자연재해 때문에 잠시 이부자리를 나눠 쓰게 된 서먹

한 사람들처럼 뻣뻣한 자세로 잠이 든다. 수조 바닥에서 메기가 돌멩이를 빨아 대고 작은 기계가 물에 산소를 주입한다. 극락어는 알을 낳기에는 이제 나이가 너무 많다. 알을 낳고도 어차피 제가 다 먹어 치웠다.

 에이미는 잠은 대개 밖에서 잔다. 배나무 아래 누워, 낮 동안에. 꿈에 사샤가 등장한다. 사샤가 에이미를 공중으로 높이 내던졌다가 받아 안고, 둘이 함께 빙글빙글 점점 빠르게 돌고 돌고 돌다가 이내 숨찬 가슴을 들썩이며 손을 잡고 링크 한가운데로 미끄러지듯 돌아가 관람객에게 고개 숙여 인사하는 꿈을 꾼다. 그러다 에이미는 잠에서 깨고, 깨는 즉시 속으로 비명을 내지르며 꿈으로 돌아가려 기를 쓴다.

 손톱으로 콘크리트 바닥을 긁을 때도 있다. 근육이 굳다 못해 이러다 영영 못 움직이는 건 아닐까 공포감에 사로잡힐 때도 있다. 지나치는 자동차 소리를 들으며 에이미는 손가락을 시험 삼아 까딱여 보고, 두 손으로 목을 휘감아 본다.

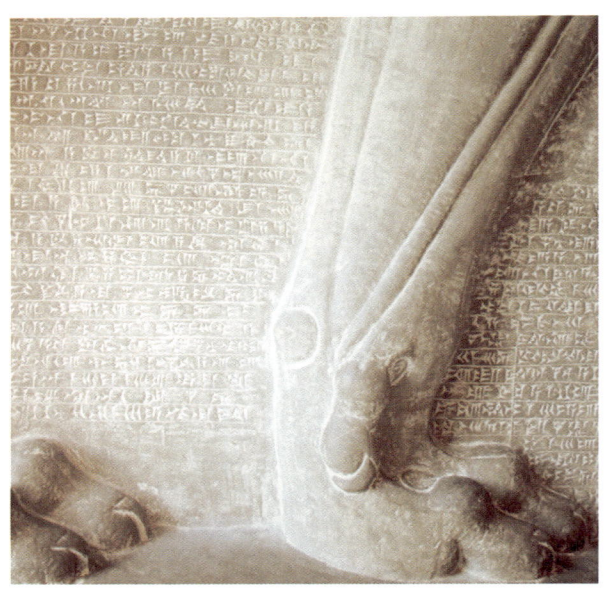

우리가 링 어라운드 더 로지 놀이를 할 때마다 엄마가
그 노랫말이 실은 흑사병에 대한 내용이라고 말하던 거
기억해? 물론 우린 못 들은 척했지, 계속 놀고 싶었으니까.
복잡할 것도 없이 바닥에 드러눕기만 하면 되는 놀이니까.

## 사샤가 총을 관자놀이가 아니라 입에 대고
## 쏘아서 장례식은 관을 연 채로 진행된다

에이미와 조이는 검은색 옷을 찾아 옷장을 헤친다. 쇼핑몰에 데려가 달라고 계속 졸라 대자 아빠도 손을 든다. 에이미와 조이는 검은색 옷을 찾아 세일 코너를 뒤진다. 결국은 둘 다 드레스를 고른다. 사샤가 돌아오리라고 둘 다 굳게 믿고 있다. 이 행사에 저희와 마찬가지로 사샤도 참석하리라 믿는다. 그런 만큼 둘 다 예쁘게 보이고 싶다.

사람들이 장례식장 앞 인도를 서성거린다. 대학생 여자애 몇몇은 담배를 피운다. 에이미는 조이에게 곁눈질을 해 보지만 조이는 신발코에 달린 작은 리본 장식에서 눈을 떼지 않는다. 엄마가 두 아이들을 앞장서 우쭐한 태도로 인파 틈을 헤쳐 지난다.

식장 안에 모인 대학생 여자애 몇몇이 울고 있다. 에이미의 머릿속에 몇 가지 질문이 떠오르고 동시에 경악감과 아드레날린이 몸을 훑는다. 에이미와 조이는 사샤의 인생에 대해 아는 게 거의 없다. 사샤의 가족은 어디 있지? 이 여자애들은 다 누구지?

엄마가 관을 향해 줄을 선 사람들 틈을 비집고 에이미와 조이가 설 자리를 만들어 준다. 에이미가 먼저다. 사샤의 배에 가지런히 포개진 두 손 위에 단정한 분홍색 봉투를 얹는다. 그리고 가만히 서서 사샤의 얼굴을 내려다본다. 반짝이던 두 눈은 감겨 있다. 머리칼이 길게 자란 걸 보며 에이미는 자기도 모르게 이마 위의 가닥을 쓸어 넘기려 손을 내밀 뻔한다. 갑자기 머리가 핑 돌아 에이미는 휘청대며 물러서고, 의식을 잃으려는 찰나 주위가 반으로 부욱 찢어지는 요란한 굉음이 귓가를 울리더니 이내 모든 걸 집어삼킨다.

이후 며칠간 에이미는 고열이라도 난 듯 침대에 누워 지낸다. 동생이 부엌과 방을 오가며 음식을 쟁반에 담아 옮기지만 에이미는 손도 대지 않는다. 조이가 주스 잔 밑에 쪽지를 끼워 넣기 시작한다. 조이가 안 보는 틈을 타 에이미는 쪽지를 꺼내 펴 본다. 떨리는 손으로 쓴 글씨, 러시아 키릴 문자와 에이미가 초창기에 발명했던 문자의 상징들을 이리저리 뒤섞은 글자. 조이가 그 기호들을 의미를 비운 채 되찾은 거다.

내용이라고는 없는 쪽지들로 보여도 그 뒤로 에이미는 주스를 한두 모금씩 마시기 시작하고, 어느 날인가는 야밤중에 부엌에 내려가 냉장고를 필사적으로 뒤지다가 누군가가 먹다 남긴 큼직한 초콜릿 케이크 한 조각과 수프 수저를 찾아 자리에 앉지도 않고 단숨에 먹어 치운다. 그러다 구역질이 나 먹은 걸 전부 토하고 침대로 돌아간다. 조이는 여전히 잠들어 있다.

## 1997년 8월 10일, 식구들이
## 에이미를 기숙사로 이사시킨다

여학생들 방은 기숙사 건물 2층에 있어서 네 식구가 상자와 대형 쓰레기봉투에 담아 온 짐을 계단을 오르내리며 옮겨 나른다.

조이가 엉엉대며 운다. 도무지 울음을 멈추질 않는다. 에이미는 조이를 안아 주고 싶은데 끝내 안을 수가 없다. 그저 세 식구가 떠날 때까지 우두커니 서 있다가, 그제야 창가로 다가가 작아지는 가족의 뒷모습을 바라보며 손으로 유리창을 쓸어내린다.

그렇게 바닥에 드러누웠다가 그대로
눈 천사를 만들기도 했던 거, 기억해?

## 에이미는 남학생 전용 프래터니티 기숙사가 줄지은
## 프래터니티 거리의 아너스 하우스에 산다

아너스 하우스는 범생이라고도 불리는 우수생 양성 과정에 선발된 아너스 프로그램 학생들의 전용 기숙사다. 하지만 이 건물도 한때는 프래터니티 하우스 — 남학생 사교 클럽 회원만을 위한 전용 기숙사 — 중 하나였다. 해당 프래터니티의 어느 신입생이 신고식을 치르다가 죽고 난 뒤, 1995년에 아너스 기숙사로 용도가 바뀌었다.

    털사 대학교에는 범생이들이 그리 많지는 않아서 캠퍼스 내 대다수 기숙사와 달리 아너스 기숙사 학생들은 각기 독방을 쓴다. 에이미는 한 번도 독방을 가져 본 적이 없다. 에이미는 비닐봉지와 상자에서 얼마 안 되는 소지품을 꺼내 여분의 침대 위에 늘어놓는다. 양말 서랍으로 지정한 서랍에 귀중품을 넣으려다, 이제 그럴 필요가 없음을 깨닫는다.

    정리를 관두고 앞으로 쓸 침대를 골라 이불잇과 베갯잇을 씌우고 눕는다. 이불 위에서 눈 천사를 만들다 말고 가만히 누워 있자니 관

속에 누워 있던 사샤가 떠올라 소리 없이 울기 시작한다. 에이미는 그새 소리 없이 우는 기술을 완벽히 연마했다. 조이는 얼마나 슬플지를 생각하자 두 배로 서러워진다. 잠들 때까지 에이미는 울음을 그치지 않고 자기만의 독방을 원한 적이 애초 없었으면 좋았겠다고 후회한다.

## 다음 날 에이미는 사람들을 만난다

다들 친절하고 에이미보다 나이가 아주 많아 보이는 사람도 없는 것 같고 어쨌든 에이미는 자기가 열다섯 살이라는 말은 하지 않는다. 사실 이름 외에는 누구에게도 자기 얘기를 하지 않는다. 그날 저녁에 기숙사생 전원이 첫 공식 모임을 위해 거실에 모이고 에이미는 문간에 숨어 TV 화면을 보듯 방에 모인 사람들을 바라본다. 한 명씩 돌아가며 자기소개를 하고 전공을 말하는데 에이미는 자기 차례가 닥치기도 전에 이미 온몸을 떨고 있다. 에이미, 미정, 이라고 속삭이듯 뱉어 내지만 더 끔찍한 상황이 벌어진다. 방금 한 말을 아무도 못 들은 눈치다. 에이미로서는 이미 할 수 있는 최대한을 했는데, 여기서 다시 입을 열었다가는 그대로 죽어 버릴 것만 같은데. 그때 가장 가까이 서 있던 남자애가 에이미가 한 말을 에이미 대신 반복해 준다. 그늘진 자리에 서 있어서 에이미가 미처 보지 못했던 남자애다. 에이미는 고마운 마음이 담긴 글썽거리는 눈으로 남자애를 본다. 남자

애는 자기 이름은 토미고 철학과 독일어 이중 전공이라고 소개를 한다.

자기소개가 끝나고 다들 눈길을 돌린 틈을 타 에이미는 계단 발치까지 슬그머니 뒷걸음질쳐 간다. 난간을 꼭 붙들고 소리 없이 계단을 오른다. 조이 없이는 사람들 틈에서 어떻게 행동해야 좋을지 모르겠고, 이제 균형 감각마저 잃은 듯하다.

(이 사진엔 여러 재난 재해가 담겨 있어. 한때 아랄해海였던
해저에서 발견된 난파선이자 머지않아 우리에게 닥칠
비상사태의 전조이기도 하고.)

## 하지만 그다음 날 에이미는 유명해진다

아침부터 신문에 자기 이야기가 실렸을 걸 알고 눈을 뜬다. 서둘러 샤워를 하고 옷을 입고 캠퍼스를 가로질러 11번가에 있는 퀵트립으로 향한다. 이른 시간이라 거리에 아무도 없다. 에이미가 하루 중 가장 좋아하는 시간이다.

에이미는 한 번도 주유소에 혼자 가 본 적이 없는데 주유소 앞 주차장의 아스팔트를 미끄러지듯 가로질러 그대로 퀵트립 상점의 유리 출입문을 밀며 들어서는 순간, 앞으로의 인생이 늘 이러하리라는 사실을 깨닫는다. 돈만 마련하면 앞으로는 원하는 곳 어디든 갈 수 있으리라는 사실을. 『털사 월드』가 진열된 카운터로 향하며 붉은 광장에 선 자기 모습을 그려 본다. 에이미가 상상하는 붉은 광장은 성 바실리 대성당과 에펠 탑과 온순한 코뿔소 두 마리와 베를린 장벽이 한데 모인 곳이다. 에이미는 등을 꼿꼿이 펴고 계산대 뒤에 선 남자아이와 눈을 정면으로 마주친다.

자기 이름이 신문에 실렸다는 생각만으로 전능한 기분이 드는데 시선을 아래로 돌려 신문 1면 상단에 실린 자기 얼굴을 보는 순간 그 기분이 산산이 깨지고 온몸이 심하게 떨려 와, 화장실로 뛰어 들어가 두 팔로 머리를 감싸 쥐고 소변을 본다.

**신문에 실린 에이미는
찰랑거리는 긴 금발 머리를
양어깨에 비단처럼 두르고 있다**

그나마 품위 있어 보인다고 생각한 헐렁한 산호색 티셔츠를 입고 호박 펜던트가 달린 가느다란 목걸이를 했다. 초록색과 회색이 뒤섞인 두 눈은 카메라를 향한 동시에 외면하고 있다. 치아가 보이지 않게 다문 입은 미소를 머금었다. 뺨과 콧등이 햇볕에 불그스름해진 것만 빼면 인형을 빼닮았다.

기사 제목은 "열다섯 살에 털사 대학 입학한 원더키드"다. 기사 도입부는 에이미가 털사 대학교 역사상 최연소 신입생이라는 사실을 설명하는 것으로 시작한다. 이어 미국 교육부 통계 외에도 털사 대학교 입학처장과 에이미, 그리고 에이미 엄마와의 인터뷰를 인용한다. 두 번째 단락에는 다른 사람들에게는 이런 시도를 권장하지 않는다는 입학처장의 말이 인용돼 있다. 입학처장은 에이미가 대학 강의실에 적응할지보다도 열다섯 살에 프래터니터 거리에 위치한 기숙사에서 생활하는 게 과연 적절한지를 우려하고 있다고 기자가 설명한다. 다시 입학처장의 말이 인용된다. 우리는 에이미와 에이미 부모님이 사회적 성숙도와 그에 따라 일어날 수 있는 일들을 숙지했음을 재확인했습니다.

기자는 이어 미국 교육부 통계를 언급하며 17세 미만의 대학 입학생 수가 1970년부터 감소해 왔다고 밝힌다. 하지만 그 숫자가 증가할 잠재력 또한 상당하며 세상에 다른 에이미들이 얼마나 많이 있을지는 누구도 알 수 없다고 덧붙인다.

다음으로 자기 능력을 과소평가하는 사람들이 있는 것 같다는 에이미의 말이 인용된다.

A4면으로 이어지는 기사에는 1면에 실린 사진보다 훨씬 작은 사진이 실려 있다. 에이미가 첫 학기에 쓸 책과 교재를 허벅지에 나란히 올려놓고 책상다리를 하고 앉아 있는 사진이다. 『안티고네』, 『안나 카레니나』, 『해양 생물학 개론』, 그리고 그 아래로 책등이 가려져 제목이 보이지 않는 여러 권. 에이미는 책을 읽는 듯 고개를 숙이고 있다.

에이미는 내성적이지만 자기표현을 잘하고 엄밀히 말해 수줍지는 않은 아이로 묘사된다. 생김새로 봐서는 열일곱 살로 보이고도 남는다.

이 대목을 읽으며 에이미는 정말 그런지 궁금하다.

기사는 에이미가 지난 6년간 홈스쿨링을 받았다고 설명한다. 에이미의 말이 인용된다. 동생이 뇌종양이 생겨서 어떤 형태의 학교에건 다니기가 어려워졌어요. 그래서 결국에는 부모님이 저도 집에 두는 쪽으로 결정했던 것 같아요.

　　에이미 엄마의 말이 인용된다. 우린 우리 선택이 에이미를 위해서도 최선이라는 걸 알고 있었어요. 이번 일로 우리가 맞았다는 게 입증된 셈이죠. 우린 에이미가 강하고 독립적인 사고를 하도록 키웠고 자기 관심사에 열정을 갖고 원하는 미래를 성취하는 데 전념하도록 가르쳤어요. 집에서 에이미는 학교에서라면 절대 가능하지 않았을 방식으로 집중할 수 있었죠.

　　기사 말미에는 입학처장의 말이 다시 한번 인용된다. 아주 신중히 생각해야 할 사안입니다. 입학 연령보다 어린 학생들을 모집하려 들었다가는 학생들에게 해를 끼칠 수도 있어요. 제반 상황을 고려해야 합니다. 저희 입학처 직원부터 교원, 기숙사 관리자까지 다수의 캠퍼스 교직원이 에이미와 에이미 부모님과 만나 여러 차례 의논을 했습니다. 이제 추이를 지켜봐야죠. 당연히 우리 모두 에이미의 행운을 빌고 있습니다.

살아 있는 생명체에 닥칠 수 있는 수많은 일들을 생각해 보면
— 현대판 쉬볼레스 말고도, 점점 늘어나는 토네이도 말고도
매일매일 기근과 쓰나미와 총격과 총살이 벌어지잖아 —
우리 중 단 한 사람이 1초의 몇만 분의 1 동안이라도
살아 있다는 자체가 기적이다 싶어.

## 입학 기념 가족 식사를 하러
## 조이와 부모님이 기숙사로 찾아온다

에이미는 차에서 잠시도 눈을 떼지 않고 기숙사 밖으로 깡충 깡충 뛰어나온다. 문을 열고 허리를 숙여 뒷좌석에 앉은 동생을 내려다보자 조이의 긴장한 얼굴이 느슨히 풀리더니 이윽고 미소로 활짝 열린다. 에이미는 차에 탄다.

할머니와 할아버지는 엄마가 반대하기 전에 미리 흡연 테이블을 찾아 앉느라고 식당에 먼저 도착하는 버릇이 있다. 할머니 할아버지가 기다리고 있는 자리로 향하면서 에이미는 다른 자리에 앉은 남자애들과 남자들을 쳐다본다. 엄마가 길을 안내해 주는 사람에게 스페인어로 말을 걸려 든다. 에이미와 조이는 서로를 보며 사전에 맞춘 것처럼 동시에 눈을 굴린다. 엄마가 그걸 보고 얼굴을 붉히더니 패배한 듯 맥없이 자리에 앉고, 아무것도 없을 게 뻔한 먼 거리로 눈을 돌린다.

할머니는 그와 반대로 기분이 아주 좋고 이미 마르가리타 반 잔을 비운 상태다. 에이미의 얼굴을 두 손으로 붙들더니 입술에 짧고 축축한 키스를 남긴다. 할머니는 주문을 마친 뒤에도 계속해서 원더키드라는 말을 반복한다. 그러더니 에이미도 조이도 한 번도 들어 본 적 없는 이야기를 꺼낸다. 둘

다 아직 너무 어릴 때라 기억도 못 할 테지만 에이미는 애기 때부터 툭하면 저 혼자 문제를 해결하거나 모르는 걸 파악해 냈다고 한다. 할머니의 손에 들린 담배가 토르티야 칩이 든 바구니 위를 맴돈다. 에이미는 테이블과 완벽한 평행을 이루며 허공에 떠 있는, 이미 절반이 재로 변한 담배에서 눈을 뗄 수가 없어 담뱃재가 푸스스 무너져 토르티야 칩을 망쳐 버릴 순간만을, 그렇게 되는 순간 엄마가 어떻게 나올지 빤히 알면서도, 이제나저제나 하고 기다린다. 하지만 담배는 부스러지지 않고 재가 되어서도 마법처럼 허공에 떠 있고, 할머니가 다른 이야기를 시작하며 그제야 담배를 재떨이에 터는 걸 보고서야 에이미는 참았던 숨을 내쉰다. 너희 옆집에 살던 정신 산란해진 사람이 뒷마당 나무를 타고 오른 적이 있었지, 할머니가 말한다. 그래서 조이랑 너희 엄마는 TV를 보고 있었고. 그런데 에이미 네가 말이야, 침대 밑에서 절대 움직이지 말라고 엄마가 그렇게 단단히 일러 뒀는데도, 상황이 대강 정리가 되나 싶어 집 앞에서 대기 중이던 구급차가 천천히 빠져나가고 이어서 소방차가 빠져나가는 모습이 창밖으로 보이던 틈에 글쎄 난데없이, 땅!

할머니가 주름진 두 손을 찰싹 마주치는 소리에 에이미는 자리에서 펄쩍 뛴다. 아빠는 웃음을 애써 참는 표정으로 미소를 짓고 엄마는 듣고 있지 않은 척 여전히 먼 산만 보고 있다. 조이가 에이미를 본다. 에이미는 다시 할머니를 보는데 할머니는 희색이 만면하다. 에이미가 침대 밑에서 기어 나와 침대 옆까지 살금살금 기어가서는 글쎄 총을 쥐어 든 거다. 아이들 엄마는 늘 사고였다고 주장했지만 할머니 할아버지는 사고가 아니란 걸 처음부터 알고 있었다. 사고였을 리가 없다. 에이미는 늘 그런 아이였으니까.

이 말에 에이미는 자기가 어떤 아이였으며 지금도 과연 그런 아이인 건지 혼란해진다. 할머니가 담배를 비벼 끄며 말한다. 총알이 창문을 그대로 관통했어! 고개를 돌려 에이미를 보며 할머니는 행복에 겨워 울 것만 같은 표정을 짓더니 에이미의 손을 과카몰리 위로 높이 쳐든다.

에이미는 마지막으로 다시 한번 엄마의 눈길을 끌어 보려 든다. 그날의 이야기를 수없이 반복해 온 엄마만이 이 전혀 새로운 서사를, 전면적인 다시 쓰기를 설명해 줄 수 있다. 에이미가 총을? 에이미가 창밖으로 총을 쐈다고? 그러다 동생이라도 쐈으면 어쩌고? 그러다 조이를 죽이기라도 했으면? 고작 네 살에 불과했는데 자기가 뭘 하는 건지 알기나 했겠어, 열다섯 살인 지금도 앞뒤 분별이 안 되는데?

그런데 엄마가 갑자기 몸을 움찔한다. 저 남자가 네 다리를 자꾸 힐끔대. 여전히 눈을 허공 어딘가에 둔 엄마가 에이미를 향해 고개를 까딱이며 말한다. 에이미는 엄마의 얼굴이 시뻘겋게 상기된 걸 본다. 가서 한마디 해야겠어. 엄마가 엉긴 목소리로 말한다. 넌 열다섯 살이야. 이건 의제 강간이야.

엄마가 자리에서 일어나려 든다. 에이미와 조이는 그대로 얼어붙어 엄마를 본다. 아빠가 손을 내밀며 레슬리, 라고 말하지만 엄마는 아빠의 손을 떨치고 앞으로 나선다. 몸이 앞으로 내던져진 듯 모두 일제히 동작을 멈춘다. 아유, 내버려둬. 할머니가 말한다. 마르가리타나 더 시키자.

에이미와 조이는 반들반들한 나무 식탁 틈새에 낀 자잘한 토르티야 칩 부스러기를 물끄러미 내려다본다. 식당 저편에서 들려오는 엄마 목소리를 듣지 않으려 애쓴다.

오 조이. 아빠 지도책에서 본 코펜하겐의 구리 지붕들 기억하니? 푸르스름하게 변색된 게 어찌나 예뻤던지.

**기숙사로 돌아온 에이미는 아래층에서 올라오는
음악 소리를 들으며 창밖을 바라본다**

낮과 밤 사이, 모든 게 분홍빛을 띠는 시간이다.

 할머니가 굳이 고집을 부리는 바람에 에이미는 술을 조금 마신 상태다. 처음 있는 일이다. 이제야 몸에 훈훈한 열기가 도는 걸 느끼며 에이미는 시간이 발로 이리저리 차야 움직이는 공인 걸까 생각한다.

 다음 순간 에이미는 맞은편 방에 사는 모르는 게 없는 듯한 여자애와 손을 맞잡고 파티로 향하고 있다. 에이미는 바지는 자기 청바지를 입었지만 윗도리는 새로 사귄 친구의 탱크톱을 빌려 입었는데, 새틴 재질의 가는 어깨끈이 꼭 브래지어 끈 같은 데다 위쪽에 레이스 장식이 달려 있어서 혹시나 가슴이 보이는 건 아닌지 확인해야 할 것 같지만 고개를 숙이면 머리가 핑 돌아서 에이미는 애써 아래를 보지 않는다.

 람다 카이 하우스에 들어서자 남자애들이 오랜 친구를 맞듯 반기며 거품이 넘치는 빨간색 플라스틱 컵을 손에 쥐어 준다. 에이미는 케이티를 보며 컵을 입에 대고 한 모금 마신다. 음악 소리가 워낙 커서 발밑으로 울림이 다 느껴질 정도다. 심장마저 음악에 박동을 맞춘다. 낮은 조명 아래 느리게 움직이는 윤곽들이 연기에 가려 흐릿한데도 케이티는 거리낌 없이 앞으로 나아가고 에이미도 그 뒤를 따라 방 한가운데로 들어선다.

　　에이미와 조이가 즐겨 듣던 음악이 흐르고, 오래지 않아 에이미는 집에 있을 때처럼 기분이 편안해진 걸 깨닫고 기쁘고 자랑스럽게 생각한다. 에이미와 케이티는 빨간 컵에 든 거품을 마시며 춤을 추고, 컵을 비우면 마법처럼 다시 거품이 채워진다. 이런 넘치는 호의와 친절을 받아 보는 것도 처음인데 이제는 고맙다는 말을 입 밖에 내려도 말이 제대로 나오질 않아서 진심을 표현할 수가 없다. 그래도 남자애들은 개의치 않는다. 그저 웃어 보일 뿐이다. 에이미는 엉덩이를 흔들고 맥주를 홀짝이며 자기도 모르는 새 토네이도에 실려 오즈 나라에 당도한 것만 같다고, 규칙이 다른, 아니 규칙이라곤 존재하지도 않는 곳에 온 것 같다고 생각한다. 에이미는 미소 띤 얼굴로 조이에게 이 말을 하려 돌아선다. 잔뜩 신이 난 조이가 뒤쪽 아랫니에 박힌 은색 봉이 다 보이도록 고개를 반복해 끄덕일 걸 예상하며 돌아서는데 다시 보니 옆에 선 건 조이가 아니라 케이티고 그래서 에이미는 맥주를 또 한 모금 마신다.

　　남자애 두 명이 케이티와 에이미에게 다가오고, 에이미는 몸이 삼켜져 지워져 버리는 안전한 기분에 휘감긴다. 갓난아기일 때도 누군가 이렇게 안아 주기야 했을 테지만 그런 기억이 남아 있지는 않아서 품에 보듬어지는 기분을 에이미는 (어쨌거나 의식적으로는) 알지 못한다. 사샤 빼고는, 흐느껴

울던 사샤의 품 말고는. 에이미는 컵을 비운다. 같이 춤추던 남자애가 술을 더 가지러 가자며 에이미의 손을 잡는다. 에이미는 한 잔을 더 마시고, 춤을 추고, 또 술을 마신다. 그 날 사샤는 왜 에이미를 자기 무릎에 앉힌 걸까, 왜 에이미를 안은 걸까. 그리고 에이미는 왜, 에이미는 어떻게 아무것도 눈치채지 못한 걸까? 에이미는 술을 마신다. 에이미는 마시고 마시고 마시고, 용해되고, 누군가의 팔에 안긴 채 행복하다.

케이티가 와서 손을 잡더니 계단을 지나 아래층으로 에이미를 이끈다. 지하에도 사람들이 모여 있고 여기에선 다른 음악이 나오고 플라스틱 컵 대신 병을 들고 마신다. 누군가 에이미에게 병을 건네고 에이미는 눈물을 글썽이며 고맙다고 말한다. 오즈는 환상적인 곳이라고 에이미는 생각하고, 대학에 올 정도로 다 큰 뒤로는 내내 행복한 경험만 하고 있다고도 생각한다. 머지않아 에이미는 유럽에 건너가 사는 여자 어른이 될 테고 유럽에는 당연히 조이와 같이 갈 테니 둘이 보트를 사서 섬을 하나씩 다 돌아다닐 거다. 케이티가 누군가와 얘기 중이지만 에이미는 대화 소리가 들리지 않아 주변을 둘러본다. 방 저쪽에 맥주병을 손에 쥔 여자애들 몇몇이 반원을 그리고 서 있고, 이런 무리에 껴 본 적이 한 번도 없는 에이미는 그 여자애들을 하나하나 유심히 살핀다. 당연히 착각일 테지만 여

자애들도 자기를 쳐다보는 것 같다. 에이미는 가슴이 철렁 내려앉는 기분으로 케이티의 탱크톱과 두 어깨끈 사이를 재빨리 살피지만 아니, 괜찮아, 안도하며 고개를 든다. 그런데 그사이 바라보는 시선이 늘었다. 이제 여자애들에 더해 몇몇 남자애들까지 에이미를 대놓고 보면서 비밀이라도 속삭이듯 서로 고개를 가까이하고 수군대며 에이미를 힐끔거린다.

에이미는 당장 도망치고 싶지만 케이티 없이는 도망칠 수가 없다. 여기서 현관문까지 길을 찾을 수 있을지도 잘 모르겠고 이대로 어디든 가기에는 술에 너무 취한 게 아닌가 싶게 다리 힘이 별안간 탁 풀리는 기분에, 에이미는 기겁해 술을 더 마신다. 손을 내밀어 케이티의 어깨를 실례가 안 될 정도로 가볍게 한번 쳐 보지만 케이티가 아무 반응도 보이지 않아 에이미는 손목을 붙들어 케이티를 돌려세운다. 케이티가 신문 때문에 괜히들 저러는 거라고, 좀 저러다 말 거라고 이야기하더니 에이미의 손아귀에서 팔을 돌려 빼고 옆 사람과 하던 대화를 이어 간다.

다들 뭐가 어떻게 돌아가는지 아는데 에이미만 늘 상황 파악을 못 한다. 에이미는 케이티가 한 말의 뜻을 해독해 보려 최대한 집중한다. 신문 때문이라니? 에이미는 할머니가 한 얘기를 떠올린다. 고작 네 살이었다고, 네 살밖에 안 된 에이미가 뭘 알고 그랬을 리 없잖아? 지금도 뭐가 뭔지 모르겠는데. 당장 코앞에서 벌어지고 있는 일조차도 파악이 안 되는데. 어떻게 이미 늦었을 수 있지? 이 질문이 다시금 떠오르는데 그

때 기숙사 첫 모임에서 에이미 대신 말을 해 줬던 남자애가 불쑥 나타나 야, 너 유명하더라, 하고 말한다.

　　에이미는 눈을 한두 번 깜빡이고 그제야 기억이 난다. 경찰이 올까 봐 다들 걱정하고 있어, 남자애가 말하고 에이미는 쟤 이름이 토미였다는 걸 기억한다. 토미가 에이미에게 바싹 다가오더니 얼굴을 엄청 가까이 들이댄다. 이제 다른 남자애들이 미소 지으며 에이미와 토미를 향해 천천히 다가오고 온갖 질문을 해대기 시작한다. 천재인 기분이 어때 우리 숙제 도와줄 거야 너 파티에 오고 그러는 걸 알면 엄마 아빠가 화내지 않아.

　　에이미는 대답할 수 있는 질문에만 대답한다. 엄마 아빠는 어차피 신경 안 써.

　　남자애들은 에이미에게 남자 친구가 있냐고 묻는다. 없다고 대답한 뒤에야 에이미는 있다고 말할 걸 하고 후회한다. 이어서 여자애들이 몇 명 다가와 손을 훠이훠이 흔들자 남자애들이 파리 떼처럼 사방으로 흩어지고 어깨 너머로 힐끔거리며 저만치 가 버린다. 여자애들이 에이미에게 괜찮냐고, 집에 가고 싶냐고 묻는다. 에이미는 생각을 해 본다. 에이미는 괜찮다고 말하는데 그런데 사실 집에 가고 싶다는 생각도 들긴 하고 그런데 아까처럼 남자애와 또 춤을 추고 품에 안기고 싶기도 하다. 그런데 또 생각해 보니 이제는 유명해져서 사람들이 너무 쳐다봐 춤을 못 출 것 같기도 하고 텅 빈 수조에 든 물고기가 된 기분일 것 같다. 게다가 이제 에이미가 누군지 다

번역어가 없는 단어도 간혹 있어.

## 에이미는 수업 시간에 어떻게
## 굴어야 할지 모르겠다

동생이 아프기 이전에는 어땠는지, 에이미도 조이도 아직 학교에 다니던 때의 기억은 이제 손 닿지 않는 곳에 있다. 마음의 지평선에 찍힌 깨알같이 작은 점이 되었다. 수업 때문에 기가 죽거나 위축된 건 아니다. 공부만큼은 잘할 수 있으리라는 확신을 가질 근거가 에이미에겐 있다. 다른 애들처럼 자리에 앉아 선생님이 자기 이름을 부르는 일이 없도록 필기에 집중하는 척 굴면 될 일이다. 다만 지난 몇 년간 조이를 가르치는 입장으로 수업에 임하던 것과는 정반대의 상황이라 새삼스럽고 낯선 것뿐이다.

다른 학생들 중에는 바른 자세로 자리에 앉아 미소를 지어 보이면 미소로 답하는 애들도 있고, 의자에 퍼지듯이 앉아 심각한 얼굴을 하고 있거나 방치되거나 졸린 표정이거나 그도 아니면 에이미로서는 파악이 안 되는 멍한 얼굴을 하고 있는 애들도 있다. 에이미는 이런저런 자세를 돌아가며 한 번씩 다 따라해 본다. 테이블에 둘러앉은 다른 사람들의 시선에 노출되는 게 너무나도 생소하고 낯선 나머지 선생님들 말을 귀담아들을 수가 없다. 앉아 있는 것만으로도 기력이 바닥난다.

에이미가 애초 여기 온 이유는 러시아어 때문이었지만, 이제는 러시아어만 들으면 땅 한복판에 뚫린 구멍에 대고 누군가 비명을 지르는 것 같다.

다들 무리를 지어 카페테리아로 향한다. 카페테리아에서는 뭐든 먹고 싶은 만큼 먹을 수 있다. 이게 다 에이미의 장학금에 포함돼 있다. 처음 얼마간 에이미는 디저트만 골라 먹고 과일 펀치와 마운틴 듀를 섞은 음료만 마시는데, 케이티가 진짜 음식처럼 생기기라도 한 걸 먹어야 당뇨병에 안 걸린다고 한마디 한다.

아너스 하우스에 살면서 노상 붙어 다니는 다섯 명이 있다. 에이미, 케이티, 토미, 비제이, 호프먼. 호프먼은 사실 이름이 아니라 성이지만 이유는 몰라도 다들 호프먼만큼은 성으로 부른다. TV에서 보던 것처럼. 비제이는 의예과, 호프먼은 석유 공학 전공이다. 에이미와 마찬가지로 케이티는 전공을 정하지 않았다.

남자애들은 에이미를 원더키드라고 부르는데, 이로써 에이미는 처음으로 별명을 갖게 된다. 별명이 생기고 나니 파악하기조차 어려운 거대한 무언가의 일부가 된 기분이고, 그로써 실감하게 되는 스스로의 약소함이 위안을 준다. 게다가 원더키드라고 부르는 목소리에는 에이미를 친동생 여기듯 자랑스러워하는 느낌이 묻어 있다. 동생 역할은 재밌다. 아무런 결정도 내릴 필요 없이 다른 사람들이 가는 데로 이끌려 가거나 다른 사람들이 보는 걸 따라 보면 된다. TV를 아무리 늦은 시간까지 봐도 뭐라고 하는 사람이 없다. 에이미는 TV를 보는 친구들을 보고, 무서운 걸 볼 때는 토미가 심한 장면이 나올 때마다 에이미의 눈을 가려 주고 비제이가 더 가까이 앉았을 때는 비제이가 가려 준다.

에이미는 매일 저녁을 먹으러 가기 전에 조이와 통화를 하며 내일까지 해 가야 하는 숙제와 전날 밤 TV에서 본 재밌고 조이 나이에 적당한 내용의 방송 얘기를 한다. 조이는 에이미에게 부모님이 최근엔 또 어떤 답답한 말을 했는지 전하고 자기도 대학에 가고 싶다고 한다. 조이는 아무래도 어딘가 아프려는 것 같다고, 독감에 걸리기 전처럼 몸이 쑤신다고 자꾸 말하는데 그래 놓고 막상 정말 아프지는 않아서 에이미로서는 어떻게 생각해야 할지 잘 모르겠다. 엄마 아빠는 조이를 제대로 돌보지 못할 거라는 생각에 애간장이 끓고, 아예 조이가 캠퍼스에서 자기와 같이 살면 좋겠다 싶지만 물론 그러기에는 아직 너무 어리다. 더욱이 에이미는 조이의 의사들을 신뢰하는데 검사 결과 새로이 눈에 띄는 건 없었다고 의사들은 말했다.

에이미를 포함한 오총사는 파티라면 빠지지 않고 가는데 목요일, 금요일, 토요일에는 당연히 파티가 있고 더러는 다른 날에도 있다. 오총사의 보호 아래 에이미는 유명함에 차츰 면역력이 생기고, 『털사 월드』에 실린 기사를 두고 홍수처럼 쏟아지던 질문도 차차 가느다란 물줄기 수준으로 줄어들더니 급기야 바싹 말라붙는다. 오총사는 춤을 추고 대화하고 늦은 시간까지 대개 술을 마신다. 다음 날이 주중이면 에이미는 교실을 둘러보며 전날 밤 본 얼굴들을 하나씩 찾아보고, 낯익은 얼굴이 눈에 띌 때면 같은 빨간 컵 동아리 소속이라도 되는 양 눈인사를 유쾌히 주고받으며 무엇보다 이제 입장이 바뀌어 상황 파악을 못 하는 건 자기가 아니라 어른들이라는 사실에 기뻐한다. 선생님들이 방에서 공부하고 있으려니 짐작할 때조차 정작 저희 모두 비밀리에 괴로워하고 있으니 말이다.

난 어쩌면 그런 대응어 없는 단어를 가장 선호하는지도
몰라. 외부로 이어지는 도개문을 내리는 법이 없는
단어들이라 나를 (네가 자주 쓰던 말을 빌리자면)
어지간히 쓸쓸하게 만들기도 하지만.

## 에이미는 사진1 수업을 듣는다

마지막으로 사진을 찍은 게 언제인지도 모르겠다. 이 수업을 통해 에이미는 세계를 재발견한다.

에이미는 산책하며 사진을 찍는다. 털사 대학교 캠퍼스는 대부분 사암이지만 드문드문 석회암과 슬레이트도 보인다. 한밤에 담벼락이나 벤치를 삼각대 삼아 사진을 찍는다. 낮에는 11번가까지 걸어가 주유소와 타코 벨과 카토 부에노, 피자 가게, 코니 아이랜더(할아버지가 가장 좋아하는 핫도그 가게다), 큼직한 카우보이 모자 모양 간판에 '아비스 **로스트** 비프 샌드위치 **맛이 끝내줍니다**'라고 적힌 아비스 패스트푸드 매장을 카메라에 담는다. 메트로 다이너도 찍는데 막상 찍고 나니 사진에 담기에는 너무 쉬운 장소였다 싶어 괜히 찍었다는 생각마저 든다. '**엘비스도 찾아오는 다이너**'라고 당당히 외치는 네온사인, 부스형 테이블의 푹신한 청록색 좌석, 일반 테이블의 체리 색깔 비닐 커버가 덮인 의자. 바둑판무늬 벽지, 주크박스, 출입문에 달린 은색 아르데코풍의 로마자 M. 수업 시간에 반 사람들에게 그간 찍은 걸 보여 주면서 에이미는 자기가 이 사진들을 통해 무슨 말인가 하려 드는 것처럼 보인다는 사실이 피사체에 대한 비난과 애정 사이 무언가를 피력하는 것처럼 보이리라는 사실이 마음에 걸린다.

에이미는 11번가를 계속 따라 걷는다. 드라이브스루 매장들 사이에 놓인 쓰레기통, 식당과 식당을 가르는 나무 울타리, 주차장에 펄럭이는 미국 국기, 주차된 승용차와 세미트레일러를 카메라에 담는다. 머리 위로 높이 뜬 비행운도 찍어 보려 들지만 놓칠 때가 더 많다. 모스크바나 파리 같은 곳에서 사진을 찍는다면 어떤 기분일지 궁금하다. 하지만 상상하려 들어도 머릿속에 영 그려지지 않아서 그저 금 가고 갈라진 보도를 걸어 다시 플로렌스 플레이스로, 그리고 플로렌스 애비뉴로 향하고, 흰색 또는 로빈스 에그 블루라 불리는 청록색으로 도색된 자그마한 단층 주택들과 그 앞과 옆으로 길게 이어진 진입로, 방충 창을 두른 널찍한 포치, 단풍나무, 층층나무, 무궁화를 연이어 사진기에 담아 보지만 그새 겨울이 성큼 다가온 터라 꽃이 핀 나무는 찾아볼 수가 없다.

캠퍼스 주변에는 이런 것밖에 없어서 에이미는 토미에게 다른 동네로 운전해 데려가 달라고 부탁한다. 둘은 체리 스트리트를 따라 내려가 스완 레이크, 필브룩, 심지어 길크리스까지 가 본다. 다른 때는 시내로 나가고, 토미가 루트비어 플로트를 사 주기도 한다. 에이미는 자기도 나중에 토미에게 뭔가 사줘야 할 텐데 그러기에는 돈이 부족하고 그래서 늘 기분이 불편하다. 그 대신 토미가 시험공부를 할 때마다 독일어 단어 복습을 돕는다. 물론 이걸 같은 차원으로 보기는 어려운데 그 이유는 에이미가 언어를 막론하고 새 단어를 배우길 워낙 좋아하고 그래서 가끔 케이티가 스페인어 시험공부를 할 때도 이런 식으로 도와주기 때문이다.

　　토미는 몸놀림이 영 어색하고 같이 길을 걷다 보면 에이미와 손을 부딪힐 때가 있다. 가끔 에이미를 빤히 쳐다볼 때도 있는데 그럴 때 에이미는 무슨 말을 해야 할지 몰라 아무 말도 하지 않고, 그리고 에이미에게는 지금 토미가 필요하다.

내가 면전에 대고 방문을 닫을 때마다 조이 네가 그리도
서글프게 외쳐 대던 쓸쓸하다forlorn는 단어는 (이 말을
넌 어디서 주워들었던 걸까?) 헤어지다 또는 갈라놓다를
뜻하다가 수 세기 전에 멸종된 동사의 과거 분사로,
홀로, 길을 잃은, 그리고 (더러는) 파멸한을 뜻하는
독일어 단어 verloren과 친연이 있기도 해.

## 람다 카이에서 하와이풍 파티가 열린 날
## 에이미는 오총사의 사진을 찍는다

양 끝에 호프먼과 비제이가 있다. 호프먼은 대비가 선명한 하와이언 셔츠 소매 밖으로 털이 숭숭한 팔과 퉁퉁 부은 손을 내밀고 있고 비제이는 머리를 뒤로 빗어 넘기고 날렵한 세피아톤 재킷의 지퍼를 턱까지 올린 모습이다. 가운데 토미와 케이티가 있다. 토미는 늘 입는 구멍 뚫린 낡은 회색 티셔츠 차림이고, 배가 티셔츠 밑으로 4, 5센티미터쯤 늘어져 있다. 수염은 엉성해 지저분하고 윗입술에는 콧수염이랍시고 몇 가닥 나 있다. 이 사진에서는 버섯을 닮은 코 오른쪽에 완두콩만 한 여드름도 나 있다. 케이티는 뼈와 거죽만 남은 듯하고 검게 염색한 머리는 등 뒤로 곧게 떨어지고 얼굴은 무표정하며 두 팔은 카메라를 향해 손바닥을 보인 채 좌우로 늘어져 있다. 양쪽 어깨는 살짝 들려 있다. 입술은 살짝 열렸다. 액션 샷이어서 그래, 케이티가 불평하자 에이미가 말한다.

**11월 중순의 어느 수요일, 에이미가 수업을 마치고 기숙사 방에 돌아와 보니 동생 조이가 책상 주위로 요새를 만들고 있다**

에이미를 보고 얼어붙은 조이가 1초간 멍하니 눈을 끔벅대다가 이내 울음을 터뜨린다.

    에이미는 방 안을 둘러본다. 요새를 짓겠다고 침대 두 개를 다 벗겨 놓았다. 그걸 보자 가슴이 벅차오른다. 배낭을 벗어 싸구려 회색 카펫에 내려놓고, 무릎을 꿇고 요새 안으로 기어들어 간다. 조이도 뒤따른다.

**조이의 가출 이후, 아빠가
조이와 엄마의 협상을 중개하러
기숙사로 찾아오기 시작한다**


에이미는 협상 자리에 감독자로 동석해 이 상황이 얼마나 탐탁치 않은지 표정과 몸짓을 최대한 동원해 전한다.
　　조이가 에이미와 같이 살게 되면서 발생하는 몇 가지 문제가 있다. 하나는 에이미가 술에 취한 자기 모습을 동생이 보지 않기를 바란다는 건데, 이건 당연하다. 곧 생일이 다가오고 있긴 해도 조이는 아직 열두 살에 불과하니 말이다. 하지만 며칠 지나자 에이미는 다시 파티에 가고 싶어지고 파티에 못 가니 대학까지 올 정도로 다 큰 대가로 얻었던 것을 잃어버리고 만 기분이 들어 케이티에게 어쩌면 좋을지 물어 보는데, 이는 오총사 중 케이티만 조이에 대해 알고 있어서다. 조이가 예컨대 화장실에 가다가 다른 여자애들한테 들킨 적도 있지만 그럴 땐 잠깐 놀러 왔다고 말하라고 조이에게 단단히 일렀다. 그러니 진실을 아는 건 케이티가 유일하고 카페테리아에서 음식을 빼 오는 것도 케이티가 도와주는데, 자그마한 롤 빵이며 과자 따위로 어린애의 배를 채우기란 여간 어려운 일이 아니고 그렇다고 채소 같은 걸 주머니에 넣어 옮길 수도 없는 노릇이니 여기서 또 문제가 생긴다.

그 외에도 조이가 자꾸 통증을 호소한다는 문제가 있는데, 독감에 걸리기 전처럼 몸이 으슬으슬 아프지만 막상 독감에 걸리지는 않고 그렇다고 다른 병이 나는 것도 아니지만 가출할 때 챙겨 온 타이레놀은 슬슬 떨어져 가고 있다. 더군다나 아빠에게는 둘 다 이 얘기를 안 했지만 조이가 실은 발작을 일으키고 있고 갈수록 그 정도가 심해지고 빈도도 높아지고 있다. 두 아이는 조이의 심장이 자꾸 빨리 뛰어 밤에 잠에서 깨는 적도 있다는 말도 아빠한테 하지 않는다.

또 하나는 조이가 개를 보고 싶어 한다는 건데, 너무 보고 싶다 못해 심지어 아빠가 하려는 말을 어처구니없을 게 뻔하지만 그래도 한번 들어 봐줄까 하고 마음이 흔들릴 정도다. 아빠가 엄마 편이라는 건 너무나도 명백하지만 그래도.

조이가 에이미와 같이 살게 된 것의 장점으로는 에이미가 저녁 때마다 수업 교재를 큰 소리로 읽어

주는 덕에 조이가 지루하지 않다는 거다. 둘 사이에는 서로 하지 못하는 이야기가, 예를 들어 사샤 얘기처럼 너무 많아서 에이미에게 밀린 숙제가 잔뜩 있는 게 오히려 다행이지 싶다. 제일 좋은 교재는 해양 생

물학 개론으로, 둘이 장별로 한 장씩 순서대로 읽고 있다. 그런데 둘 다 잔뜩 기대해 온 문어에 관한 장을 시작하려는 차 조이가 발작을 일으키고, 금방 회복하는 게 아니라 좀처럼 발작에서 빠져나오질 않아서 에이미의 뇌 속 다른 무엇인가가 온몸의 근육이 그에 맞서 대항함에도 에이미로 하여금 부모님에게 전화를 걸도록 만든다. 그리고 그길로 부모님이 캠퍼스로 달려와 조이를 차에 실어 데려가 버린다.

포르투갈어 단어 saudade는 행방불명된 사람, 장소,
사물에의 애도와 안도감이 뒤얽힌 탄력적인 이중 나선과도
같은 단어라고 해(saudade는 saudade 이외의 단어로는
설명하기 어려운 말이라는 얘기도 있지만).

**추수감사절 날에는 할머니 할아버지네 모여
칠면조와 칠면조 속, 건조된 감자 플레이크로 만든
매시드포테이토에 깡통 내부 모양 그대로 줄무늬가 진
반고체 상태의 크랜베리 소스를 곁들여 먹는다**


고구마와 마시멜로도 있는데 어릴 때 플레이도우를 너무 많이 먹어 배탈을 앓은 적이 있는 조이는 고구마가 주황색 플레이도우 점토처럼 생겼다며 못 먹겠다고 한다. 그러면서 스프레이 캔에 든 휘핑크림은 입에 통째로 뿌려 가며 먹는다. 조이가 휘핑크림을 몽땅 해치운 사실은 펌킨 파이를 먹을 때가 되어서야 탄로 나는데, 그때는 가게에 가기에도 이미 너무 늦은 시각이다. 조이는 이제 뭘 해도 혼나는 적이 없지만 어쨌거나 다들 조이의 행동에 기분이 썩 좋지 않다.

    두 아이는 소파 양쪽 끝에 각기 몸을 둥글게 말고 누워 머리를 소파 팔에 기댄 채 캐리 그랜트가 나오는 옛날 영화를 보는데, 소파 한가운데에서 발이 서로 맞닿을 듯 맞닿지 않는 게 나쁘지 않지만 조이가 너무 심하게 웃거나 운다. 에이미는 이제 숙제를 해야 한다고 말하고 조이는 자기도 그렇다고 한다. 에이미는 어처구니없다는 듯이 눈을 굴린다. 그러자 조이가 울음을 터뜨린다.

    추수감사절 다음 날 아빠가 모두에게 할 얘기가 있다고 한다. 전날에 이어 다시 할머니 할아버지네 집에 모여 어제 남은 음식을 먹던 중이다. 다들 포크를 내려놓으며 서로의 얼굴을 둘러보다가 아빠를 본다. 쉽지 않은 결정이었다고 아빠가 운을 떼기에 에이미는 아빠 엄마가 이혼한다는 얘기를 하려니 짐작하지만 엄마의 표정을 보니 그렇지도 않은 듯해 도대체 뭘까 궁금한데 아빠가 헛기침을 하더니 미네소타에 있는 로체스터 지방 기술 전문대에 일자리가 생겼고 고민 끝에 그 일을 맡기로 결정했다고 말한다. 거절하기에는 너무 좋은 기회라면서 아빠는 새 일자리의 가장 좋은 점은 우리 식구 모두가 의료 보험에 가입된다는 것이고 게다가 로체스터에 있는 병원은 전 세계에서 최고 10위 안에 드는 병원 중 하나라고 덧붙인다.

    뒤잇는 정적 가운데 지구상의 모든 사물이 지표면에서 떨어져 나와 엄청난 속도로 우주로 흩어진다. 에이미는 조이가 깊고 어두운 하늘 저만치에서 점점 작아지며 멀어지는 모습을 본다.

## 엄마 아빠가 집을 부동산에 내놓는다

에이미와 조이는 저희 집이 몇 평방 피트이며 랜치 스타일이라고 불리는 단층집으로 분류된다는 사실을 새로 배우는데, 랜치 하우스라니까 그릴 치즈 샌드위치를 먹을 때면 아빠가 그릇에 함께 담아내려 깡통에서 꺼내 데우는 랜치 스타일 콩이 연상된다. 그릴 치즈 샌드위치는 아빠가 유일하게 만들 줄 아는 음식이다.

 모르는 사람들이 수시로 나타나 복도를 오간다. 기말시험을 준비하고 있던 에이미가 고개를 들고 조이를 쳐다보지만 그때마다 조이는 집에 나타난 낯선 사람들을 보느라고 에이미를 보지 못한다.

 에이미는 식구들과 점차 많은 시간을 보내고 저녁이 다 되어서야 파티에 가거나 TV를 보러 기숙사로 돌아온다. 에이미가 운전면허를 딴 지 두어 달쯤 지나서 이제 아빠 차를 빌릴 수 있게 됐다. 한번은 집 앞의 긴 차도를 후진해 나오다가 엄마 차를 들이받고 마는데, 라디오를 크게 틀어 놓은 탓에 차도에 진입하던 엄마가 경적을 누르는 소리를 전혀 못 들었던 게 이유였다. 할머니와 할아버지는 이야기를 듣곤 배꼽을 잡더니 그것 보라고, 대부분의 사건 사고는 집에서 멀지 않은 데서 발생하기 마련이고 살인 사건의 대부분은 친지나 친척 손에 일어난다는 말이 그래서 나오는 거라고 말한다. 엄마는 웃을 이야기가 아니고 그렇게 정신 나간 사람처럼 운전을 할 거면 앞으로는 운전대도 잡지 못하게 해야 한다고 말하지만 이사 준비로 곧 그 말도 잊어버리는 듯하다.

이제 네 사람은 어디를 다녀오는 길이건 차도에 진입할 때마다 집이 새삼스러워 보인다고 느낀다. 바닥에 나지막이 붙은 벽돌 단층집과 주변의 수풀과 인도. 작고 반질반질한 관목 잎사귀에 가려 길에서는 보이지 않는 포치의 서늘한 시멘트 바닥.

집을 사기로 한 사람들의 요구 사항은 딱 하나로 뒷마당의 커다란 나무가 구조적인 위험 요인이라는 보고를 받았으니 나무를 베어 달라고 한다. 두 아이의 반대에도 불구하고 부모님은 그 요구를 받아들인다. 어느 날인가 에이미가 집을 나서는 참에 남자들이 나타나 나무를 기어오르더니 굵은 가지들을 하나씩 쳐내기 시작하고, 난도질한 나무의 팔다리가 벼락처럼 땅에 꽂힌다.

마찬가지로 이미 잃어버린 걸 단념하거나 놓기를 거부한다는 웨일스어 hiareth와 같은 뜻을 가진 단어는 다른 어느 언어에도 없다고들 해(영어 homesickness와 닮기는 했어도 똑같지는 않대).

## 집에 있던 물건들은 필요한 것 외에는 대부분 처분하기로 한다

오래된 장난감과 옷가지는 아빠 차에 실어 구세군 매장에 가져간다. 에이미와 조이의 마이 리틀 포니 장난감과 인형 대부분과 빨간 트렁크 가방과 「오즈의 마법사」 사진이 든 추레한 가짜 금속 프레임도 같이 간다. 에이미는 자그마한 화석 몇 개만 남기고 나머지는 땅에 되돌려 놓는다. 화살촉은 빠짐없이 챙긴다.

에이미와 조이는 버려진 스웨터 무더기 아래에서 3년 전인가 콘돔을 숨겨 두었던 인형 상자를 발견한다. 조이가 상자를 열기 시작하다. 하지만 과거의 밀매품들은 어느새, 적어도 에이미에게는, 다른 성질을 띠게 되었다. 한때 신기하고 우습고 징그러웠던 사물들이 이제는 저 멀리서 별안간 들이닥치는 지평선처럼 다가온다. 에이미와 아무 상관 없는 애먼 것들이 다짜고짜 요구를 하고 나선 것처럼.

어린 시절을 담아 주고 함께 했던 집을 비우며, 매년 생일을 맞아 키를 잰 흔적이 벽에 금처럼 새

겨진 걸 보며, 에이미는 처음으로 자기에게 가족이 있었다는 사실을 깨닫는다.

　에이미는 엄마한테 들은 라이플총으로 강간을 당한 여자 친구 이야기를 떠올린다. 반들거리는 관에 누운 사샤, 화장품을 발라 유령처럼 새하얘진 얼굴, 더 이상 사샤의 얼굴이 아니라 이미 썩어 가는 중이던 얼굴을 떠올린다.

　에이미는 조이의 손에서 상자를 낚아챈다.

　조이가 징징거린다. 좀처럼 그치질 않고 계속 칭얼댄다.

　엄마가 나타난다. 조이가 보채던 소리를 그친다. 그리고 누굴 더 겁내야 할지 모르겠다는 듯이 에이미와 엄마의 얼굴을 번갈아 본다.

**봄 학기 들어 에이미는 러시아어 회화, 러시아 시 문학, 1800년 이전의 영문학, 프랑스 혁명, 그리고 가장 좋아하는 수업인 사진 2를 수강한다**


러시아 시 문학은 예브게니 옙투셴코라는 유명한 시인이 가르치는 수업이지만 그래도 사진 2가 에이미는 제일 좋다. 시를 보면 사샤가 떠오른다.

　　에이미는 사진 찍기를 좋아한다. 하지만 그보다도 더 좋아하는 건 현상실이다. 에이미는 아무도 없는 밤 시간에 현상실을 찾는다. 한번 시작하고 나면 사방이 깜깜하고 조명을 다시 켤 수도 없기 때문에 필요한 단계들을 미리 생각해 준비해 두어야 한다. 에이미는 필요한 단계들을 예상하는 데 소질이 있다. 필름 보관 통, 병따개, 가위, 필름 릴, 현상 탱크, 정확히 이 순서대로 하나씩 늘어놓아야 한다. 고른 간격으로 펼쳐 놓아야 뭐든 실수로 바닥에 엎는 낭패를 면할 수 있다. 다음으로 불을 전부 끄고 병따개로 필름 통의 바닥을 개봉한 후, 조심해서 필름을 꺼낸다.

　　물을 붓고 정확히 1분을 기다린 뒤(에이미는 60까지 센다), 물을 따라 내고 현상액을 한꺼번에 다 붓는다. 현상액이 너무 뜨겁거나 너무 차면 망한다. 이 사실을 알기에 늘 마음이 들뜨고 심장이 빠르게 뛴다. 현상액을 부은 후에는 30초간 탱크를 살살 흔들어 주고, 이어 현상이 끝날 때까지 30초마다 5초씩 흔들어 준다. 이어 탱크에서 현상액을 따라 내고 정지액으로 네 번 헹구어 준다. 다음으로 정착액을 넣고, 그다음 수세촉진제를 넣는다.

그렇게 해서 나오는 게 음화 필름으로, 이걸 조심스레 매달아 건조시키는 게 다음 단계다.

**다음 날 음화 필름을 인화하는데, 에이미는
인화 과정 중에서도 트레이에 백지를 넣고
용액이 그 위를 파도처럼 오가도록 살살 흔들며
이미지가 서서히 눈앞에 펼쳐지기를 기다리는 순간을
가장 좋아한다**

단 사진 인화지가 워낙 비싸서 낭비하지 않도록 조심해야 한다.
 현상실에 있을 때면 털사 동물원에서 동생과 들어가 놀던 동굴이 생각난다. 인조 동굴이었지만 그래도 벽면이 미끌거렸고, 서로를 뒤쫓아 습습한 어둠 속을 뛰어다니거나 끈적거리는 점액이나 박쥐와 뱀 같은 것들의 기척을 느낀 척 비명을 내지르곤 했다. 동굴 놀이는 지진 기계만큼 재밌고 지진 기계는 지방 축제에서 탄 놀이 기구만큼 재밌었다. 줄 선 사람이 없을 때면 놀이 기구를 연달아 탈 수도 있었는데 그럴 때면 푹신푹신한 쿠션을 덧댄 난간에 손을 하나씩 올리고 에이미는 만일의 경우에 대비해 다른 손으로 조이의 손을 꼭 쥐었다.
 다음 순서로 대지를 알맞은 크기로 잘라 사진을 액자에 넣어야 한다. 에이미는 대지를 자를 때마다 좌절감이 든다. 기숙사 방바닥에 앉아 모든 걸 완벽히 맞춰 보려 한다. 하루는 칼날을 든 손이 미끄러져서 반대쪽 손목에서 피가 하염없이 흘러나온다. 에이미는 꿈쩍 않고 손목을 바라본다. 대지가 붉게 물드는 걸 지켜보는 사이, 역겨움이 서서히 다른 감정으로 옮아간다.

    에이미에게 새로운 발상이 떠오른다.

## 사람이 죽는 게 아니라 각 사람에게
## 고유한 하나의 세계가 죽는 것이다

에이미는 옙투셴코 교수님의 시를 읽는다. 에이미가 가장 좋아하는 시는 세상에 따분한 사람은 없다는 구절로 시작하는 시로, 세상 모든 곳의 모든 사람이 실은 파악조차 안 될 정도로 흥미로우며, 사람이 죽을 때는 그 사람 특유의 불가해함을 구성하던 모든 것이 그와 함께 죽는 것이라고 말한다. 사람이 죽는 게 아니라 사람들 내면의 제각기 존재하는 세계가 사람 안에서 죽는 것이라고. 에이미는 기숙사 방에서 시문의 오르내리는 글자들을 오른손 중지 끝으로 따라 읽으며, 작은 목소리로 단어를 하나씩 발음해 본다.

> Людей неинтересных в мире нет.
> Их судьбы — как истории планет.
> У каждой все особое, свое,
> и нет планет, похожих на нее.
>
> А если кто-то незаметно жил
> и с этой незаметностью дружил,

он интересен был среди людей
самой неинтересностью своей.

У каждого — свой тайный личный мир.
Есть в мире этом самый лучший миг.
Есть в мире этом самый страшный час,
но это все неведомо для нас.

И если умирает человек,
с ним умирает первый его снег,
и первый поцелуй, и первый бой ...
Все это забирает он с собой.

Да, остаются книги и мосты,
машины и художников холсты,
да, многому остаться суждено,
но что-то ведь уходит все равно!

Таков закон безжалостной игры.
Не люди умирают, а миры.
Людей мы помним, грешных и земных.
А что мы знали, в сущности, о них?

Что знаем мы про братьев, про друзей,
что знаем о единственной своей?
И про отца родного своего
мы, зная все, не знаем ничего.

Уходят люди ... Их не возвратить.
Их тайные миры не возродить.
И каждый раз мне хочется опять
от этой невозвратности кричать.

시의 말미에서 시인은 죽음의 돌이킬 수 없음에, 우리가 잃고 마는 사람들을 되돌릴 방도가 없음에 분개한다. 어느 날 에이미는 수업 시간 도중에 책에서 고개를 들어 칠판 앞을 오가는 교수님에게로 시선을 돌린다. 한밤에 책을 읽는 버릇에서 비롯된, 에이미답지 않게 거리낌 없는 행동이다. 옙투셴코 교수님의 눈과 에이미의 눈이 만난다. 에이미는 광대뼈 주위로 피가 몰리는 걸 느낀다. 옙투셴코 교수님이 하던 말을 멈춘다. 세상이 가장자리부터 까맣게 타들어 가고, 이제 질겁한 에이미의 눈에는 교수님밖에 보이지 않는다. 학생은 굉장한 미인이 되겠는데, 교수님이 말한다. 단 립스틱은 꼭 바르고 다니도록. 그 말에 에이미는 소리 내어 웃고, 그러자 시야가 차츰 진정되면서 다시 넓어진다. 옙투셴코 교수님은 예순다섯 살인데, 깊게 팬 눈가의 웃음 주름만 제외하면 아주 젊어 보이는 얼굴을 가졌다. 환한 두 눈엔 장난기가 넘친다. 빨간색, 빨간 립스틱이어야 하네. 눈빛을 반짝이며 교수님이 말한다.

그러고는 중단되었던 러시아 철도에 관한 논의로 돌아간다.

단어 하나하나가 아우르는 방대한 경험들을 되짚다 보면
번역이 가능한 단어가 과연 있기나 한 걸까
의문이 들 수도 있어.

## 에이미는 청년부 모임이 뭔지도 모르면서
## 청년부 모임에 따라가겠냐는 케이티 말에
## 그러겠다고 한다

둘은 차를 타고 아칸소강을 건너 털사를 뒤에 둔 채 남서쪽으로 향한다. 이어 새펄파에 들어서지만 멈추지 않고 통과해 지난다. 케이티는 손바닥으로 핸들을 내리쳤다 시동부에서 대롱거리는 열쇠 꾸러미를 만지작거렸다 라디오 볼륨을 키웠다 낮췄다 핸들을 꺾어 댔다 하며 쉴 새 없이 떠든다. 운전 솜씨가 영 엉망이지만 에이미는 개의치 않는다. 케이티 덕에 에이미에게는 친구가 있다.

    10시쯤 되어서야 둘은 SUV 차량과 빨갛고 파란 시보레 픽업트럭이 즐비한, 먼지 날리는 자갈 깔린 옥외 주차장에 도착한다. 딱 하나 남은 빈자리에 케이티가 가까스로 차를 주차하고, 조수석 문을 열자니 너무 밭아 에이미는 운전석으로 타고 넘어와 차에서 내린다. 내리자마자 아우성이 들린다. 맹렬한 음성이 들려오는 쪽으로 고개를 돌리자 네모난 광장과 광장을 메운 천 명에 이르는 인파가 멀찌감치 보인다. 그 광경을 보고 케이티가 이만 집에 돌아가자고 말하지 않을까 싶어 에이미는 친구의 얼굴을 살피려 고개를 돌리지만, 케이티는 벌써 광장을 향해 가고 있다.

에이미도 그 뒤를 따라간다. 광장 가장자리에 다다른 케이티가 보안 요원에게 뭐라고 말하자 보안 요원이 로프를 들어 광장 안으로 입장시켜 준다. 에이미는 케이티를 뒤쫓아 인파 한복판으로 점점 파고든다. 에이미는 숨을 참는다. 연단에 선 목사가 연관 없는 말들을 나열하며 불호령을 뿜고 있다. 선한 처녀 다섯과 어리석은 처녀 다섯을 구분 짓는 게 무엇입니까, 게으름입니다, 불이 점점 높이 치솟으니 이거야말로 재림하는 그리스도에게로 향한 길에 우리가 응당 겪을 일 아니겠습니까, 주님의 계명을 따르는 이는 복되니 생명의 나무를 권리로서 누릴 것이요 성문을 통해 거룩한 도시에 입장할 것입니다. 성문 밖은 개들과 요술쟁이, 오입쟁이, 살인자와 우상 숭배자 말고도 상대가 누구건 개의치 않고 사랑하는 자와 거짓을 짓는 자들로 득실거릴 것이니, 우리는 동성애, 동성혼, 낙태, 살인, 간음, 우상과 이미지, 여자, 이세벨과 같은 악녀 전도사나 설교가에 대한 무관용 원칙을 기필코 고수해야 합니다.

 짧은 정적이 흐른다. 이어 목사가 낭독을 시작한다. 여호와께서 사탄에게 이르시되 네가 내 종 욥을 주의하여 보았느냐 그와 같이 온전하고 정직하여 하나님을 경외하며 악에서 떠난 자가 세상에 없느니라 네가 나를 충동하여 까닭 없이 그를 치게 하였어도 그가 여전히 자기의 온전함을 굳게 지켰느니라. 사탄이 여호와께 대답하여 이르되 이제 주의 손을 펴서 그의 뼈와 살을 치소서 그리하시면 틀림없이 주를 향하여 욕

하지 않겠나이까. 여호와께서 사탄에게 이르시되 내가 그를 네 손에 맡기노라 다만 그의 생명은 해하지 말지니라.

인파가 소리 질러 환호하며 오른손을 높이 쳐들고 몇몇 사람은 음악이라도 들린다는 듯 춤을 추기 시작한다. 에이미는 겁에 질려 케이티를 보지만 케이티는 그새 바닥에 엎어져 있다. 도와주려 손을 내밀자 케이티가 에이미의 손을 옆으로 밀친다. 그러고는 무슨 말인가 내뱉는데 뭐라는 건지 알아들을 수가 없다. 동생이 난생처음 발작을 일으켰을 때가 생각나고, 에이미는 어떡해야 할지 몰라 당황한다. 겨드랑이와 허벅지가 땀으로 흠뻑 젖는다. 외투를 벗고 싶은데 주위에 사람이 너무 많아서 팔을 휘두를 수가 없다. 케이티가 무슨 말을 하는 건지 들으려 다시 허리를 구부린다. 하지만 둘이 한때 공유했던 언어는 그새 모래로 변했다. 옆에 서 있던 남자가 손가락을 붙잡으려 든다. 그 손을 뿌리치며 쏟아지는 모래에 휩쓸리지 않으려고 뒤로 한발 물러서다가 그만 누군가의 발을 밟는다. 사과하려 뒤돌아서다가 옆에 선 남자애를 팔로 친다. 남자애가 어깨를 붙들더니 에이미를 앞뒤로 흔들며 설명한다. 케이티는 성령을 받은 거라고, 주님의 거룩한 성령님을. 그래서 저렇게 말을 하는 거다. 방언을 받은 거다. 이건 축복이다.

머리가 핑 돈다. 이대로는 기절하고 마리라는 걸 알리는 신호다. 에이미는 어깨를 붙든 손아귀를 떨치고 바닥에 엎드린 케이티에게 마지막으로 눈길을 던진 뒤 무리를 비집으며 밖으로 향한다. 광장과 인파의 가장자리에 가까워질수록 숨쉬기가 수월해지는 기분이다. 그런데 로프를 지키고 선 보안 요원들이 몸을 밀착하며 길을 막는다. 끝날 때까지 기다리라고 말한다. 에이미는 보안 요원들의 얼굴을 하나하나 쳐다보다가 이내 단념한다. 그대로 의식을 잃는다. 얼마 후 정신을 차려 보니 트럭 바닥에 누워 있고, 모르는 사람이 손을 잡고 있다. 갑자기 오줌이 마렵다. 느닷없이 밀려드는 엄청난 요의에 에이미는 재빠르게 트럭에서 뛰어내려 주차장 맞은편으로 달려가 청바지를 내리고 낡고 지저분한 은색 캐딜락에 기대어 쉬를 본다. 외투 덕에 대강 다 가려진다. 몸이 바닥으로 서서히 내려앉는 걸 느끼며 에이미는 처음에는 들릴 듯 말 듯 한 목소리로, 이어 무언에 가까운 침묵으로 목사가 했던 말 ― 내가 그를 네 손에 맡기노라 다만 그의 생명은 해하지 말지니라, 내가 그를 네 손에 맡기노라 다만 그의 생명은 해하지 말지니라 ― 을 메아리처럼 반복하다가, 볼일이 끝나는 대로 청바지를 끌어 올리고 단추를 채운다. 범퍼에 붙은 스티커로 케이티의 작은 혼다 시빅을 분간해 내고는 왼쪽 앞바퀴에 몸을 구부정하게 기댄 채 딱히 춥지도 않은데 이를 맞부딪치며 기다린다.

**전신 홍반 루푸스 진단과 함께 조이가 그간 경험한 통증과 혈색소 침착증을 설명할 길이 생기지만, 의사들은 혈색소증은 유전자 변이로 인해 몸이 철 대사를 제대로 하지 못하는 질환이고 조이의 뇌종양이 다시 자라고 있는 것 같다고 덧붙인다**

루푸스 치료의 일환으로 의사들은 스테로이드와 항말라리아제, 그리고 필요시에만 복용할 코데인을 처방한다.

    에이미는 수화기를 내려놓고 싸구려 회색 카펫에 책상다리를 하고 앉는다. 손이 으스러져라 바닥을 내리친다.

    에이미는 믿지도 않는 신에게 기도를 해 보고 텅 빈 공중에 대고 물물교환을 시도한다. 뭐든 드릴게요. 뭐든요. 죄송해요, 제가 잘못했어요, 제발 조이를 살려 주세요 제발 조이를 살려 주세요 제발 조이를 살려 주세요, 두 손에 대고 반복해 읊조리고 딱딱한 싸구려 카펫에 대고 속삭인다. 제발 살려 주세요 제발 살려 주세요 제발

나만 해도 영어 homesick을 다른 언어로 옮길 때 뭔가 누락하지 않고서는 못 옮겨. 예를 들어 이 단어가 서로 대치하다시피 하는 두 단어로 이루어진 합성어인 점을 희생해야 할 테지.

## 에이미는 기숙사에서 샤워하는 걸 원래도 싫어했지만 이제는 샤워를 할 때마다 아프다

샤워실에는 얄팍한 샤워 커튼밖에 없고 그마저 실수로라도 너무 쉽게 젖힐 수 있어서 사생활 보장이 안 되는 게 싫다. 샴푸 거품이 배수구에 꼬여 바닥이 비누 때로 미끌거리는 것도 싫다. 그래서 샤워를 늘 서둘러 끝내는 편이지만 이제는 몸가짐을 조심해야 한다. 연습한 손목에 뜨거운 물이 닿으면 따갑기 때문이다. 에이미는 손목 상처에 물을 묻히지 않고 머리를 감는 방법을 찾아보려다 실패한다.

하루는 토미가 에이미가 밤중에 우는 소리를 듣고 방에 들어와 괜찮은지 묻는다. 네가 가고 싶은 데로 드라이브를 가자고, 어디든 데려가 주겠다는 말에 에이미는 생각을 한 뒤 마음을 가다듬고 주류 매장에 가자고 말하는데 이건 내일이 일요일이라 문을 여는 가게가 없을 걸 알기 때문이다. 토미에게는 위조 신분증이 있다. 둘은 보드카 세 병을 산다. 돈은 토미가 낸다. 나중에 갚으면 된다고 토미는 말한다. 에이미는 자기가 그 돈을 갚을

일은 아마 영영 없을 거란 걸 알지만 그건 아무래도 좋고, 그리고 에이미에게는 지금 보드카가 필요하다.

## 엄마는 자살만큼 이기적인 행동은 없다고 말한다

에이미는 엄마의 이 말과 사샤는 완벽했으며 사샤가 한 모든 행동 또한 완벽했다는 확신, 이 둘을 놓고 저울질한다. 장례식 때 어느 대학생 여자애가 사샤가 침대 시트에 피가 묻을 것까지 생각해 굳이 방수포를 깔았더라고 말하는 걸 들었다. 사샤는 한밤중에 자살한 대신 룸메이트들을 깨울 걸 걱정해 베개를 썼다. 그래도 룸메이트들은 총성을 듣고 깼지만, 사샤는 이미 죽었으니 상관없었다.

에이미는 사샤가 유서를 남기지 않은 사실이 두고두고 마음에 걸린다. 에이미가 이해하기로 자살하는 사람은 유서를 남겨 작별을 고하고 떠나는 이유를 설명하기 마련이다. 이 설명 없이는 그가 왜 가 버린 건지 영영 알 길이 없다 보니, 풀리지 않는 의문을 잘못 삼킨 낚싯바늘처럼 속에 품고 영원히 긁히고 다치며 살 수밖에 없다.

에이미는 조이를 떠올리지 못하겠고, 조이가 지금 어떤 기분일지는 생각조차 할 수가 없다.

벌써 수백 수만 수억 번째 되묻는 거지만, 에이미는 마지막 수업을 한 날 사샤가 왜 울었고 자살은 왜 한 건지 묻는다. 상상할 수 있는 모든 가능한 시나리오들을 수백 수만 수억 번째로 돌려 본다. 마음에 찰 만한 건 하나도 없다.

한동안 침대에 누워 울다가 문득 질식할 것 같은 기분이 들어 울음을 그치고 몸을 일으켜 앉는다. 샷을 마시는 것밖에는 달리 할 일이 떠오르지 않는다. 에이미는 아직 따지 않은 페퍼민트 보드카 병을 열어 비우기 시작한다. 그러다 밖으로 나가 기숙사 현관 계단에 걸터앉아 누군가 파티 때 줬지만 담배를 피우는 적이 거의 없어서 여태 갖고만 있던 담배를 피운다. 담배를 피우자 머리가 아프다.

에이미는 아너스 하우스 주위로 원을 그리며 걷는다. 잔디가 젖었다.

기숙사 사람들은 모두 잠들었고 에이미는 MTV를 보며 밤을 새운다. 그러다 새벽쯤 깜빡 잠이 들어 그날 수업을 모두 빼먹는다. 상관없다.

에이미는 사샤를 생각한다. 사샤가 드럼을 치는 모습을 한 번도 못 봤다고 생각한다. 사샤는 춤을 잘 췄을 거라고 생각한다. 사샤가 춤추는 모습을 한 번이라도 봤으면 좋았겠다고 생각한다.

어렸을 때 난 우리만의 비밀 언어를 만드는 데 너무 골몰해서
정작 그 언어로 너한테 무슨 얘기를 해 줄지는 생각하지
못한 거 있지. 너는 나한테 무슨 얘기를 해 줄지 생각하지 못했고.

에이미는 샘플로 들어온 시럽형 기침약을
싹쓸이해 오려고 한밤중에
기숙사 거실로 몰래 내려간다



그 틈에서 편두통 약도 발견하다. 보이는 대로 전부 가방에 담고 방으로 돌아와 옷장 바닥에 가방을 비운다.
    케이티 방 앞을 지나는데 방문이 살짝 열려 있다. 에이미는 방향을 되돌려 열린 문틈으로 방 안을 엿본다. 케이티와 어느 여자애가 백색 가루로 뒤덮인 거울을 무릎에 놓고 침대에 앉아 있다. 저 여자애가 누구더라 고민하는 사이 그때 마침 고개를 든 케이티가 에이미를 발견하고 펄쩍 일어서다가 거울을 엎지를 뻔한다. 옆에 앉은 여자애가 가까스로 붙잡아 가루가 많이 쏟아지지는 않는다.
    케이티가 에이미를 붙잡아 안으로 끌어 들이고 방문을 쾅 닫는다. 케이티의 친구가 쉿, 조용히 하라는 소리를 내며 에이미를 한번 보곤 거울로 눈을 돌린다. 케이티가 에이미를 바싹 끌어당기며 너도 벌레들이 보이냐고 속삭여 묻는다. 에이미는 뒤로 한발 물러서 눈살을 좁히며 친구를 쳐다보고, 그제야 케이티가 두 팔과 목을 북북 긁고 있으며 온통 긁어서 붓고 피가 난 상처로 맨살이 뒤덮인 걸 알아차린다. 에이미는 친구의 얼굴을 들여다본다. 긁히고 해쓱한 얼굴. 에이미는 이해

할 수가 없고 뭘 해야 할지 무슨 말을 해야 할지 모르겠다. 우두커니 선 에이미를 보고 케이티가 붙잡았던 손을 놓고 침대로 가 다른 여자애 옆에 앉는다. 에이미는 그 둘을 바라보다가 자기 방으로 돌아간다.

다음 날 수업을 마치고 돌아와 보니 사람들이 케이티 방에서 상자를 운반해 나오고 있다. 에이미는 그 뒤로 케이티를 보지 못한다.

그날 저녁 내내 에이미는 케이티와 상의해야 하는 온갖 이야기들을 떠올린다. 머릿속을 가득 채우는 고민에 잠겼다가 친구가 떠났다는 사실을 재차 떠올리기까지 시차가 발생하고, 이 시차 가운데 머무는 것 말고는 달리 할 수 있는 게 없다. 에이미는 술을 마시고 주먹 쥔 손으로 커터 칼을 붙든다.

그날 밤 에이미는 사흘 연속으로 조이에게 전화를 걸지 않는다. 에이미는 다른 사람들이 아프고 사라지는 게 다 자기 탓이라는 걸 안다. 병원에서 그 애들이랑 같이 놀아 보려 했던 때처럼, 에이미가 이겼기 때문에 미끄럼틀과 사다리 게임에 다들 지고 말았던 그 애들처럼.

에이미가 알짱대는 게 조이에게는 오히려 해가 될 거다. 에이미는 사람들을 아프게 하니까, 사람들을 도와주지 않으니까, 그런 자기를 에이미도 어쩔 방도가 없으니까.

에이미는 조이를 구하려면 자기를 희생해야 한다는 걸 안다.

내가 전에는 미처 보지 못한 사실이 있어. 우리 사이에 이미
존재하는 여러 비밀 언어들, 우리가 만들어 갖다 붙인
이름과 우리 삶을 구성해 온 실제 이름들 —
이 모든 게 우리 둘만이 공유한 시간과 장소에 특정했다는
사실 말이야. 그 사실을 여기 와서야 볼 수 있게 됐어.
우리가 같이 달리던 고속도로, 같이 먹던 음식,
누군가 읽어 주면 같이 귀 기울이던 이야기들,

## 이제 그만 자기 방으로 가야 한다는 걸 알지만 에이미는 겁이 난다

밤마다 악몽에 시달려서 이제 잠들려는 노력조차 영원히 관두고 싶다. 밤에 옷장에 들어가 문을 꼭 닫고 그 안에 잠들거나 앉아 있으면 나을까 싶어 그래 보기도 하지만 아무 도움이 안 된다. 에이미는 방 안의 모든 구석에서 잠을 청해 봤다. 늘 비어 있는 여분의 침대에서, 자기 침대 밑에서, 방바닥에서, 책상 밑에서, 책상 위에서 몸을 공처럼 웅크리고도. 어디서도 잠은 안 왔다.

깨어 있는 건 더 끔찍하다. 에이미는 식당 방에서 사샤와 혼자 앉아 반려동물과 취미와 가구와 음식 이야기를 했던 여러 순간들을 떠올린다. 사샤에게 하지 말라고 말할 수도 있었던 그 모든 순간들을. 어쩌면 사샤는 단지 손을 잡아 주고 하지 말라고 말해 줄 누군가가 필요했던 건지도 모른다. 그런데 에이미는 그러지 않았다. 그러지 않고 멍하니 앉아만 있었다, 한심하고 징그럽고 쓸모없고 가치 없는 속 터지는 허수아비처럼. 그리고 이제 사샤는 죽었다.

그래서 에이미는 토미 방에서 계속 술을 마신다. 처음에는 같이 샷을 하다가 그 뒤에는 토미의 나인 인치 네일스 포스터에 구부정하니 기대어 커다란 일회용 컵에 혼자 술을 따라 마신다. 거친 단모 카펫 탓에 잠옷 바지 사이로 다리가 쓸린다. 에이미는 장소를 옮긴다. 토미는 컴퓨터 게임을 하고 있다. 방문이 열려 있다. 누군가 문간에 다가와 선다. 에이미는 혀가 꼬일까 봐 아무 말도 하지 않는다. 누군가가 문간에서 사라지고 토미가 방문을 닫는다.

에이미는 조이가 옆에 있었으면 좋겠다고 바라는 동시에 조이가 옆에 없는 게 더없이 기쁘다. 동생에게 좋은 본보기가 되고 싶다. 지금 이건 좋은 본보기가 아니라는 걸 에이미는 안다. 이제 그만 자기 방으로 가 잠을 자 보려 해야 한다는 걸 안다. 하지만 겁이 나고, 얼마 후에 토미가 자기 이층 침대의 아래층에서 자고 가도 좋다고 하자 그러겠다고 한다.

토미는 위층에서 자기로 했다. 그런데 언제인지는 몰라도 에이미가 잠든 지 좀 됐을 때, 에이미가 베개를 붙들고 웅크린 자세로 잠들어 있는 매트리스 가장자리에 와 앉는다. 그리고 오른손으로 에이미의 목덜미를 받치듯 보듬어 안는다. 에이미는 잠에서 깬다. 얼마간은.

## 에이미가 첫 성 경험이나 심지어 첫 키스를 상상해 본 지도 아주 오래됐다

맨살로 드러난 자기 몸을 보고 에이미는 놀란다. 아래를 내려다보니 몸이 너무 창백하고 빼빼 말라서 몸이라고 할 수나 있을지 이 정도면 귀신이 아닌가 싶고, 이 생각에 머리가 핑 돈다.

이제 뭐가 뭔지 모르겠고 무슨 일이 벌어지고 있는 건지 파악이 안 된다. 그가 에이미의 손을 붙들어 페니스 주위에 둘렀을 때, 에이미는 미끌거리며 굽이치는 뱀을 떠올린다. 에이미는 얼어붙고, 몸에서 분리되듯 흘러나와 허공에 뜬 채로 뒤이어 벌어지는 일을 내려다본다.

이윽고 다시 의식을 잃는다. 사샤 꿈을 꾼다.

**다음 날 새벽, 에이미는 조부모에게 전화를 걸고
할머니 할아버지는 잠을 깨웠다고 신경질을 내긴 하지만
기숙사로 에이미를 데리러 와 준다**

에이미는 할머니 할아버지 집에 도착하자마자 방으로 올라가 병원으로 향한 구급차 사이렌 소리와 뒷마당에서 지저귀는 새소리를 들으며 종일 누워 있는다. 조이와 가위바위보를 할 때마다 조이가 반칙을 하려 들어서 그때마다 자기가 얼마나 화를 냈던지 생각한다. 두 눈으로 천장에 난 금들을 좇는다. 물은 이온에 걸쳐 바위에 구멍을 낸다. 이온은 100억 년이다. 여름마다 두 아이들은 그 증거를 찾으려 했다. 섬의 음화처럼 가운데가 뻥 뚫린 돌멩이, 엄마가 갖고 있는 그런 중심이 사라진 돌멩이를 찾아보려 했지만 물론 끝내 찾지 못했다.

아래층에서 뉴스를 트는 소리가 들려와 에이미는 몸을 뒤집어 배를 깔고 누우며 베개로 귀를 틀어막지만 그래도 들린다. 에이미는 할머니가 읽어 주던 동화를 생각하고 동생과 자기가 그 이야기를 얼마나 무서워했던지 생각한다. 헨젤이 집으로 돌아가는 길을 잃지 않으려 빵 부스러

기를 흘려 만들어 놓은 길이 끝내 아무 데로도 이어지지 않았다니, 너무 애타고 답답한 일이다. 에이미는 베개 아래에서 미끄러져 나와 다시 등을 대고 눕는다. 방이 어두워질 때까지 천장을 들여다본다.

느닷없이 터져 나오는 무엇. 그 무엇인가에 붙들려 에이미는 베개를 있는 힘껏 비틀어 대다 벽에 내던진다. 기차 앞에 몸을 누인 안나 카레니나를 생각한다. 자기 심장에 총구를 겨누었던 브론스키를 생각한다.

그리고 너와 내가 지어낸 모든 이야기가 우리가 공유하는 유전자의 이중 나선처럼 빙글빙글 돌다가 끝에 가서는 서로에게 다시 이어졌다는 사실을. 우리가 만들고 나눈 모든 이야기가 서로의 질문(묻지 않은 질문, 상상치도 못한 질문)에 대한 답변이었던 듯이 말이야.

## 한밤중에 에이미는 현관으로 몰래 내려가 복도에 놓인 그릇에서 할아버지의 자동차 열쇠를 훔쳐 동쪽으로 차를 몬다

전조등 불빛 속에서 바라본 도로 위 타르 자국이 동물들이 후드득 떨어뜨리고 간 흔적 같다. 하지만 에이미는 길을 잘못 들까 봐 목적지만 생각한다. 마음속 만물의 지도 위에 조명을 환히 켜 놓는다. 30분쯤 걸려 묘지에 다다라 그가 있는 곳으로 차를 몬다. 시동을 끄고 길바닥에 미끄러지듯 주저앉는다. 차체에 팔을 끼우고 차 문을 닫는다. 마흔 번, 쉰 번, 예순 번, 팔에 멍이 오를 때까지. 땅바닥에 드러눕는다. 다시 일어나 차에 올라탄다. 문득 이 차의 창문은 수동이 아니어서 다리를 건너다가 사고가 났을 때 창문을 열고 밖으로 빠져나가 조이를 살릴 시간이 부족할지도 모르겠다는 생각이 든다.

  집에 돌아와서는 아래층 화장실로 살금살금 들어가 크리스마스 때 동생이 남겨둔 진통제 병을 조심스레 연다. 알약을 한 주먹 손에 쥐고 까치발로 계단을 오른다. 모퉁이를 도는데 순식간이지만 조이를 봤다고 생각한다. 눈이 어둠에 적응했을 때 보이는 건 침대 위에 놓인 반으로 접힌 베개뿐이다.

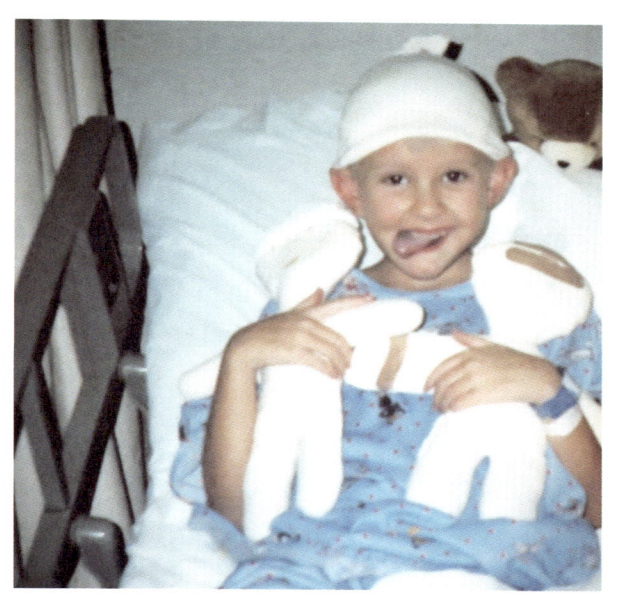

새로 만들면서도 변함없이 똑같이 남도록 하는 게
번역이라면 이 세상에 번역이 가능한 언어는,
아니, 단어는 없다고 봐야 해.

## 월요일에 에이미는 러시아어를 할 수가 없다

뇌가 변했다. 수업 시간 내내 글자들이 꿈틀대며 손아귀 밖으로 헤엄쳐 사라진다. 에이미는 이것으로 자기 세계가 끝났으며 더는 수업에 들어갈 수 없음을 깨닫는다. 초콜릿 케이크 한 조각을 먹으러 카페테리아에 갈까 머뭇거리지만 그러기에는 너무 피곤하고, 게다가 앞으로 크나큰 과제가 하나 남아 있다.

## 에이미는 동생에게 편지를 써 본다

언어 불문하고 어떤 단어라도 좋으니 동생에게 할 말을 쥐어짜려 안간힘을 쓰다가, 도움이 될까 싶어 기침 시럽이 든 샘플 병을 모조리 비운다. 아무 도움도 안 된다.

에이미는 내용 없는 글을 쓰기 시작한다. 날씨에 대해, 부모님이 얼마나 답답한지, 바보 엉터리 같은 숙제가 얼마나 많은지. 그러다 전부 북북 그어 지우고 종이를 꾸깃꾸깃 뭉쳐 문가 휴지통에 던져 버린다. 기침약이 다 떨어져 남아 있는 보드카를 마시기 시작한다. 보드카가 다 떨어지자 알약을 삼킨다.

에이미는 청바지와 빨간색 윗도리를 입었다. 왼쪽에 주머니가 하나 달리고 앞면 상단엔 전복 패각으로 만든 단추 세 개가 달린, 가진 옷 중에서 제일 좋은 옷이다.

아너스 하우스에 온 뒤 처음으로 신발 상자를 꺼내 뚜껑을 연다. 수술을 받기 전에 찍은 조이의 사진들을 하나씩 본다. 쾌활한 두 눈과 잎사귀와 풀이 점점이 붙은 아마 빛 금발. 사샤 사진도 찍었으면 좋았겠다고, 단 한 장이라고 찍어 둘 걸 그랬다고 에이미는 생각한다. 연극을 본 날 엄마가 셋이 같이 사진을 찍자고 할 때 찍었으면 좋았겠다고 생각한다.

상자 안에는 러시아어 수업을 시작한 지 얼마 안 된 어느 날 사샤가 가져와 갖고 놀다가 두고 간 노란 끈이 들어 있다. 에이미는 그 끈의 정체가 뭔지, 사샤가 왜 그걸 갖고 있었던 건지 영영 알아내지 못했다. 그럼에도 내내 간직해 온 끈을 이제 상자에서 꺼내 만지작거린다. 다음으로 사샤의 글씨가 적힌 쪽지를 꺼내 작게 접고 오른손에 움켜쥔다. 커터 칼을 집어 왼쪽 손목에 대고 시작한다.

연습을 해왔는데도 쉽지 않다. 보드카가 그나마 도움이 되고 기침 시럽과 알약도 도움이 되지만 그래도 여전히 아프고 피부가 자꾸만 저항하려 든다. 에이미는 문득 너무너무 피곤하다. 그래도 계속 노력해 본다.

그런데 번역은 그런 게 아니거든.

**정신을 차리니 새하얀 방 안이고
목사로 보이는 사람이 에이미의 손을 잡고 있다**

두 눈이 감기지 않으려 안간힘을 쓰고 있다.
    다른 팔에는 문어 인형이 안겨 있다. 때가 꼬질꼬질하고 팔은 닳고 닳아 몽당머리를 닮은 단단한 헝겊 꼬랑이가 돼 버렸다. 문어 인형에 피를 묻히지 않으려 조심했던 게 기억난다. 그러면서도 어쩔 수 없이, 매달리다시피 그 품에 얼굴을 파묻었던 것도. 그렇게 기숙사 계단 아래로, 현관문 밖으로, 인도 위로 실려 나갔던 게 기억나고, 조심했다고 생각했지만 그러고도 끝내 피를 묻히고 말았음을 이제 눈으로 확인한다.

## 침대에서 일어나 앉으려다가
## 몸이 온갖 기계에 연결돼 있음을 깨닫는다

에이미는 러시아어로 열까지 세어 보고, 이어 스물까지 세어 본다. 간호사들이 커튼을 반쯤 젖혀 둬서 11시를 가리키는 벽시계가 보인다. 낮인지 밤인지는 시계만 봐서는 알 수 없다.

    에이미는 무슨 생각을 해야 할지 모르겠고 유일하게 떠오르는 거라곤 시간과 숫자뿐이다. 실은 숫자도 잘 헤아려지지 않는다.

    에이미는 이 병동 어딘가에 동생이 앉아 있는 모습을 상상해 보려 든다. 조이가 안에 있고 자기는 컬러링 북의 흑백 지면을 무릎에 펼치고 밖에 앉아 있던 때처럼.

    문득 불타는 피로감이 치밀며 에이미를 압도한다. 에이미는 베개 위로 쓰러져 세기 시작한다. раз, два, три.

**잠에서 깬 에이미는 엄마가 침대맡에
서 있는 걸 보고 움찔하고, 엄마는
큰소리로 야단을 치기 시작한다**

에이미는 죽고 싶다고 생각한다.

## 간호사가 에이미를 휠체어에 태워
## 13층으로 데려간다

두 쌍의 잠긴 문이 연이어 나 있는 곳에 다다른다. 간호사가 인터콤의 빨간 단추를 누르고, 둘은 함께 기다린다. 잠시 후에 어디선가 지이잉 소리가 나며 바깥쪽과 안쪽 문이 연달아 열리고, 첫 번째 간호사가 에이미를 두 번째 간호사에게 인수하고는 떠난다.

에이미는 소아 중환자실에서 성인 정신과 병동으로 이송되었다. 성인 정신과 병동이지만 미성년자도 올 수 있는 곳이라고 한다. 이제 에이미는 방문 시간에 조이를 보게 되리라 예상하고 이 기대감으로 새 병동에서의 기나긴 첫날을 버틴다. 하지만 예술 치료를 마치고 병실로 돌아왔을 때 에이미를 맞는 건 가족이 아니라 침대 위에 달랑 놓인 바다색 플라스틱 바구니와 엄마가 공들인 손 글씨로 남긴 쪽지뿐이다.

바구니를 보자 매년 5월 1일 봄맞이 날이면 아빠가 에이미와 조이를 데리고 엄마에게 줄 야생 딸기를 따러 갔던 게 생각나지만, 이 기억은 금세 흩어지고 에이미는 쪽지를 집어 든다.

해바라기 향수를 가져오려 했는데 유리는 반입이 안 된

대. 학교 숙제 챙겨 왔다. 우리는 오늘 로체스터로 돌아가.

돌아가. 에이미는 엄마가 쓴 단어를 발음하지 않고 입만 벙긋거리며 반복한다. 이 말은 조이가 병문안을 오고 싶어 하지 않았다는 뜻이잖아.

머리가 핑 돈다. 에이미는 정신을 집중해 방이 제자리로 돌아오게 한다. 바구니 밑에 종이가 몇 장 깔려 있고 바구니 안에는 에이미의 기숙사 방에 있던 샴푸 병과 새 립밤과 할아버지의 이름 머리글자가 새겨진 세수수건, 옅은 황백색의 금 간 비누가 하나씩 담겨 있다. 에이미는 화장실에 들어가 숨는다. 문에 잠금장치가 없어서 허리춤에 끈이 들어간 바지와 길게 늘어진 윗옷을 벗어 문 아래쪽에 쌓아 놓는다.

헐벗은 채 거미처럼 빼빼한 몸을 바들거리며, 까치발로 거울 앞을 옆 걸음질쳐 지나다가, 커터 칼에 베인 상처와 흉터, 길거나 짧고 네모난 반창고 자국으로 상하고 더러워진 자기 몸을 보고 만다. 에이미는 샤워 박스의 타일 바닥을 까치발로 디딘다. 힘들여 물을 틀지만 따뜻한 물이 닿자마자 구토를 한다. 아침 식사로 먹은 토스트가 발치에 더껑이 같은 후광을 만들고, 에이미는 그 가운데 서서 가슴 위에 둥글게 말라붙은 연고 흔적과 양팔에 난 자국을 긁어내고 샴푸 묻힌 손으로 떡 진 머리에 길을 낸다. 그리고 북북 문지른다. 손목은 아프지 않다. 이제 에이미는 돌아서며 눈을 감고, 발뒤꿈치를 마침내 내려딛고, 물줄기가 목과 어깨를 타고 흐르는 걸 느끼며 가만히 숨을 들이쉬고 내쉰다. 이제 기력을 어느 정도 회복했다고, 점심시간이 지나자 간호사가 나타나 에이미의 휠체어를 도로 가져간다.

올림픽 노래에 맞춰 스윙 댄스 추던 거 기억해?
우리 안무도? 네가 슬쩍 뒷걸음쳐 쪼그려 앉았다가
내 품으로 번쩍 뛰어드는 게 맨 마지막 동작이었잖아.
이제 그 동작을 하려면 둘 다 죽을 각오부터 해야 할 테니
그만큼 우리가 너무 컸다는 뜻이겠지.

**러시아어 숙제부터 펼쳐 보니 에이미가 제일 좋아하는
예브게니 옙투셴코 시를 복사한 종이 상단에
이번 과제가 요약돼 있다: 영어로 번역할 것**

두 눈이 커지고 어깨 긴장이 풀린다. 에이미는 목을 가다듬는다.

하지만 지나간 것들, 낡은 것들을
하기에 너무 컸다 뿐이야.

## 이 세상에 흥미롭지 않은 사람은 없다

한 사람 한 사람의 운명은 행성의 역사와 같고
서로 닮은 행성이라곤 존재하지 않는다.
모두 제각기 구별되어 서로 비교할 수조차 없다.

사람들 이목을 끌지 않고 살아가며
익명성을 자신의 벗 삼는 사람이 있다면
그 사람의 고유성도 그로부터 나온 것 —
그런 수수함이 그를 흥미롭게 만들어 준 것이다.

각각의 사람은 온전히 자기 것인 세계를 지닌다.
그 낱낱의 세계에 한창 성한 시기가 오기도 할 테며
제각기 쓰디쓴 고뇌의 시간을 겪기도 하리라 —
그리고 우리에게 이는 영원히 미지로 남는다.

사람은 죽을 때 혼자 죽지 않는다.
누구나 첫 입맞춤을, 첫 전투의 경험을 동반하고 죽는다.
첫눈을 본 날의 기억을 마지막 숨과 함께 거두어 버리며…

사라진다 모두 사라진다 — 그리고 이를 막을 길이란 없다.

잔존할 운명을 지닌 것들도 많을 터,
그럼에도 무엇인가가 — 무엇인가가 우리를 떠난다.
규칙은 잔인하고 게임은 악몽만 같다 —
사람이 아니라 하나의 세계가 소멸한다.

러시아어 단어가 영어 단어와 만날 때마다 불꽃이 인다. 그리고 번역은 에이미에게 새로운 종류의 산수를, 오늘까지 에이미의 인생을 지배해 온 희생의 산수를 대체해 줄, 그 대안이 되어 줄 산수를 건넨다. 다른 사람의 고통이나 죽음을 자신의 것으로 약분할 수는 없다. 대신 에이미는 연결할 수 있다.

에이미가 이 사실을 진정으로 배우기까지는 여러 세월이 흘러야 할 것이다. 그래도 이 시가 하나의 시작점이 되어 주기는 한다. 에이미는 불사조처럼 미지의 땅 위로 치솟는 자신의 환영을 흐릿하게나마 보고(실은 플라밍고를, 이제 막 깃털이 다 나고 아직은 비슬거리는 어린 플라밍고를 상상 속에 그려 본다는 편이 정확하다), 이제야 해답을 일부 찾았음을 깨달으며 마침내, 거리낌 없이, 깊게 안도하며 흐느껴 운다.

새로운 것, 더 광대한 것, 더 많은 기적이 ― 세계가 ―
존재하니까. 식물의 85퍼센트는 바다에 사는 거 알아?
우리 둘이 여태 본 걸 전부 합쳐 봤자 육지 생물의
0.5퍼센트에도 못 미칠 거야.

2부

**집**

**세계가 1999년 12월 31일 자정에 종말을 맞을 거라는
이야기가 자자하지만 에이미는 이제 그런 일이
일어나기보다는 일어나지 않기를 바라게 되었고
다행히 실제로도 그런 일은 일어나지 않아서, 에이미는
털사 대학교를 졸업하고 베를린으로 날아간다**

에이미는 열여덟 살, 때는 2000년 6월 1일이고, 세계가 펼쳐지고 만개하고 있으며 그 세계가, 그 세계 전체가, 에이미의 것이다.

템플호프에 내려앉은 에이미는 손을 흔들어 손목의 긴장을 풀고 목적지가 분명한 사람처럼 부리나케 공항 밖으로 발길을 옮긴다. 어떤 의미에서는 목적지가 확실하기도 하다. 내일이면 모스크바행 기차에 올라탈 거고 모스크바에 도착해서는 전혀 새로운 사람이 될 거니까. 빛이 나는 에이미 본인이.

에이미는 수하물을 찾는 곳으로 향해 가방을 찾고(바퀴 달린 가방이 나오기 이전에 할머니가 사용했던 옅은 황백색

의 제법 오래된 여행 가방이다) 친척과 친지가 도착하기를 기다리는 사람들 틈을 헤치고 나간다. 자기 이름을 외치는 목소리가 들릴 거라는 공포감이 들지만, 공연한 걱정이다. 오클라호마를 떠나며 에이미는 지금껏 알고 지내던 거의 모든 사람과 사물로부터 자유로워졌으니까.

실내가 점차 밝아지고 거리의 소리가 들리기 시작한다. 에이미는 재킷 안주머니에서 할아버지 방에서 출력한 흑백 약도를 꺼낸다. 약도를 높이 쳐들어 호박을 비추어 보듯 밖에서 들어오는 빛에 비추어 보자, 아니나 다를까 도시가 빛을 뿜는다. 작은 구멍이 일렬로 뚫린 테두리 주위가 특히 밝게 변하는데, 이 테두리는 에이미가 이 순간에 지닌 식견의 한계를 나타내는 선이기도 하다.

그렇지만 이제 손 닿을 거리에서 반짝이는 판유리 너머로 몸을 바스스 흔드는 나무들이 보이고, 약도를 든 손을 내려 보면 그보다 가까운 거리에서 깜박거리듯 스쳐 지나는 사람들이 보이는데, 행인들의 걸음걸이가 어찌나 확신에 찼는지 반들반들하게 광이 나고 반점 무늬가 새겨진 바닥을 제자리에 고정해 두는 것도 실은 그 발걸음이라는 착각이 들 정도다. 미끄러지듯 지나치는 윤곽들이 예고 없이 흩뿌리는 눈처럼 위로 떠올랐다 아래로 가라앉으며, 에이미가 아직 안 배웠거나 아직 완전히 배우지 못한 언어들처럼 서로 뒤엉키고 뒤섞인다.

이러한 술렁임, 이러한 신비로움과 이러한 교차 지점들

속에서 에이미는 세계의 잰 맥동을 가까이 느끼고, 자신의 맥도 그를 맞으러 나가듯 점차 살아나는 것을 깨닫는다.

지금으로부터 한 시간 뒤, 에이미는 할머니에게 물려받은 여행 가방과 씨름하다 급기야 부러뜨리고 만 가방 걸쇠에 무릎을 베일 것이다. 계획하지 않은 느닷없는 피의 분출에 에이미는 의식을 잃을 것이고, 의식이 돌아온 뒤에는 유일하게 챙겨 온 그림 액자가 산산조각 나는 통에 치즈 맛과 땅콩버터 맛 과자 봉지에 구멍이 숭숭 났으며 닥터페퍼 캔은 비행 중에 죄다 폭발했고 옷가지는 검게 물든 걸 발견할 테지만 전혀 개의치 않고, 작은 흉터 하나 얻고 처음부터 또다시 시작하는 거려니 여길 것이다.

내일은 모스크바행 기차를 타고 한밤중에 민스크를 지나던 길에 비자 문제로 열차에서 쫓겨날 것이고, 바르샤바에서는 실수로 삭발 머리를 얻고 말 테지만 개의치 않을 것이다. 머리를 밀면 어떨지 늘 궁금했고 동생 기분이 어땠을지 늘 알고 싶었으니까.

지금 이 순간부터 동생에게 보낼 편지를 처음으로 쓰기 시작하는 순간까지, 에이미는 사건 사고를 사진으로 맞바꿔놓을 것이다. 길을 잃고 세상을 새로이 알게 되는 여러 순간들의 초상을 끝없이 찍을 것이다. 가는 나라마다 환율을 계산하고 어휘를 습득하고 진실을 말할 단어가 누락되거나 없을 때는 거짓말을 할 테고 그렇게 번역된 채로 지내면서 한결 가벼워질 것인데, 이는 기억이 딸려오지 않는 한 모든 단어는 아름

답고 또한 에이미와 조이가 매년 부활절마다 염료를 입히던, 조이가 깨뜨리지 않으려 매번 식은땀 흘리며 조심히 다루던 달걀들처럼 안이 텅 비어 있기 때문이다.

　　에이미는 집을 앓지 않을 것이다. 모자를 사고 배낭을 사고 머리가 다보록해지는 모습을 보며 동생을 생각할 것이다. 바르샤바의 한 슈퍼 계산대에서 과일과 요구르트를 비닐봉지에 담았다고 야단맞을 것이다. 들이닥칠 추위에 대비해 새 옷을 사러 갔다가 이해할 수 없는 이유로 탈의실에서 쫓겨날 것이다.

　　에이미는 폴란드어를 공부할 것이다. 폴란드 핸드폰을 장만할 것이다. 이 핸드폰을 어느 오후, 후크시아 빛깔의 수프를 먹던 자리에서 도난당할 것이다. 에이미는 폴란드 핸드폰을 새로 하나 장만할 것이다.

　　아파트의 검은 갈색 벽이 추위를 품고 있는 것만 같고 방을 가득 메우는 정적이 헤아릴 수 없이 깊어, 때로 에이미는 잠에서 깨어 생각이라는 걸 어떻게 했더라 싶을 정도로 감이 잡히지 않는 날을 겪기도 할 것이다. 어느 날은 폴란드에서는 남자와 여자 상징이 정확히 뭐였는지 기억나지 않아 성기를 쥐고 벽걸이 소변기 앞에 서 있는 사람을 얼떨결에 보게 될 것이다. 또 어느 날은 슈퍼에 들어서는 길에 장바구니를 챙기는 걸 깜빡할 거다. 껌을 사러 들어간 것뿐이었다 해도.

　　4월 어느 날인가는 보도가 너무 미끄러워 산책을 끊었다 이어 갈 생각으로 발길을 멈출 것이다. 몸을 피해 들어간 근처

커피숍에서 창가 자리에 납작 펼쳐 놓은 벽시계만 한 해바라기 머리를 발견할 것이다. 다보록한 곱슬머리에 가려 지워진 한 여자애의 얼굴이 해바라기 위에 떠 있을 것이다. 에이미가 빗방울을 흘리며 문간에서 지켜보는 사이, 여자애는 해바라기 씨앗을 하나하나 뽑아 연이어 입에 털어 넣을 것이다.

에이미는 브로츨라프와 드레스덴과 프라하로 여행할 것이다. 기차역에 몇 시간씩 내리 앉아 일부러 한마디도 하지 않을 것이다. 쉭쉭대는 소리와 사방을 메우는 산란한 소음의 마법에 빠지고, 어느 기차역에서고 볼 수 있는 대형 시계 밑의 안내 게시판을 보며 목적지 이름이 끊임없이 오르락내리락하는 모습에 마음이 달뜰 것이다. 이동하는 동안은 시간이 공간에 순응하기에, 이때만큼은 만사가 에이미의 손 밖에 있을 것이다. 해야 할 일도 손쓸 일도, 사실상 손쓸 방도도 없을 것이다. 이때만은 무심하지 않고도 무심할 수 있을 것이다. 이 무심함은 단지 근심 걱정의 부재이므로. 그리고 십 년이 넘는 시간 동안 이러한 이동만이 에이미를 완전한 평온에 이르도록 해 주는 방도일 것이다.

여름이 오면 별도의 탑승권 없이 배낭을 옆자리에 올려 두었다는 이유로 발트해로 향하던 버스에서 내쫓길 것이다. 처음으로 뇌물이라는 걸 건네 볼 것이다.

그래도 버스는 에이미를 버리고 떠날 것이다. 버스가 지평선 너머로 사라질 동안, 에이미는 눈을 꼭 감고 동생을 되찾고 싶다고, 동생이 곁에 있으면 좋겠다고 소원을 빌듯 되뇌어

볼 테지만 눈을 떴을 때 조이는 어디에도 보이지 않을 것이다.

그래서 에이미는 뱀처럼 구불거리는 고가 도로를 카메라로 담는데 이 사진에는 매미 소리도 유채 밭의 쓸쓸한 향기도, 에이미의 발목 주위를 맴도는 먼지도, 쇄골에 고인 땀줄기를 낳은 햇살도 담을 수가 없을 것이다.

마침내 조이에게 편지를 쓰기에 이르기까지, 에이미는 둘이 공유한 역사가 담긴 낡은 마닐라지 봉투를 매일 밤 베개 밑에 둘 것이다. 달팽이 집을 찍은 사진, 쓰러진 가문비나무 사진, 나선 계단 사진, 파리 퐁 데 자르 다리에 달린 맹꽁이자물쇠 사진.

닥터페퍼 자국과 땅콩버터 기름이 얼룩덜룩 지고 유리 파편이 숭숭하게 구멍을 뚫어 놓은 놀이터에 간 에이미와 조이 사진, 에이미 어깨에 올라타 미소보다는 찌푸린 표정을 짓는 조이 사진.

구급차 안, 텅 빈 조이의 두 흰자위 사진.

봉투는 점차 두둑해지고 모퉁이는 닳아 해질 테지만 그래도 에이미는 사진 컬렉션을 꾸준히 불려 나가며 폴란드에서 프랑스로 또 독일로 또 아르헨티나로 이동할 테고, 다시 한번 사랑에 빠질 테고, 이 사실을 동생에게 알리고 싶지만 어떻게 알려야 할지 모른 채 여행을 떠났다 집으로 ― 남자 친구와 부에노스아이레스에서 함께 차린 집으로 ― 돌아오기를 반복하며 지낼 것이다. 번역 레지던시에 참여해 크라쿠프 외곽에 가 있던 어느 날, 바라던 모든 걸 얻었음을 불현듯 깨달는 순간이 오고, 그럼에도 모자라다는 사실 또한 깨닫는 순간이 오기 전까지는.

그래서 에이미는 되돌아갈 것이다. 다시는 결단코 자기 집이 될 수 없을 오클라호마 말고, 에이미 본인의 세계가 시작되었던 활주로들로.

에이미는 템플호프를 담은 세상에 존재하는 모든 사진과 존재하지 않는 모든 사진을 상상할 것이다. 더 이상 공항으로 사용되지 않는 템플호프에 난민 캠프가 들어서기 이전에, 공원이 들어서기 이전에, 강제 수용소가 설치되기 이전에, 사람들이 비행기란 걸 보지도 못했던 시절, 프로이센 군대의 열병식 장소로 쓰이고 그에 앞서 템플 기사단이 진을 치던 시절보다도 훨씬 이전에, 들소와 가문비 나무좀과 고슴도치와 황새들로 가득했을 템플호프를. 불로 하늘을 분단하던 벼락과 녹녹해진 흙에 피어났을 작디작은 노란 꽃들을.

그러나 당장은, 그러니까 2000년 6월 1일 이 순간에, 에이미는 약도를 접어 주머니에 도로 넣는다. 할머니가 준 여행 가방으로 눈길을 돌리며 가방 모서리에서 갈색 액체가 가늘게 새는 걸 얼핏 본다. 에이미는 가방을 서둘러 조심스레 들어 올리고 길을 나선다.

넌 사샤가 황새치, 미어캣, 반딧불이, 그도 아니면
개였을 거라고 주장하고 나는 파랑새였을 거라고
말했던 거 기억해?

물론 네 말이 맞았어.

실은 우리 둘 다 맞았어.

## 어느 날 에이미는 원하며 잠에서 깬다

2018년 6월 1일이다. 에이미는 세계적으로 명망 높은 번역상을 런던에서 막 받은 참이다. 다행히도 대견해 할 아빠가, 20년째 백혈병을 앓고 있는 아버지가 아직 곁에 있다. 어머니와 동생과는 연락을 거의 끊었다. 시상식이 끝나고 하비는 수업을 가르치러 파리로 갔고 에이미는 새 번역을 시작하러 이곳 크라쿠프 부근으로 왔다.

    밖에는 해가 빛나고 달팽이들이 이동형 집에 올라 인도를 슬금슬금 기어가고 있다. 에이미는 순전한 원함에서 찾아오는 낙을, 조이가 산타클로스에게 보낼 소원 목록을 만들며 느꼈을 감정을 처음으로 납득한다. 에이미는 서둘러 샤워를 마치고 옷을 입는다.

　　인도를 따라 달팽이가 여러 마리 부서지고 뭉개져 있다. 배낭의 무게로 다소 구부정히 걸어가던 에이미가 달팽이 집을 가까이 들여다보려 상체를 더 낮춘다. 대개 산산이 조각나거나 가루로 변했고, 껍데기에 들어 있던 동물은 이제 지난가을에 진 낙엽 잔류물과 비슷한 짙기의 진흙 자국이 되었다. 에이미는 아직 온전한 달팽이들을 인도 반대쪽으로 옮겨 날라 작은 틈새를 찾아 내려놓는다.

　　기차 창밖으로 초록빛 들판이 광활한 바다처럼 숨죽인 채 반짝이며 스쳐 지나가고, 드문드문 건초 더미와 볕에 바래고 낫에 베인 밀이 부표처럼 떠오른다.

우리 모두는 비밀로 찰랑대는 존재,
비밀로 그득한 모든 것이야.

## 템플호프에 부는 산들바람이 온화하다

활주로는 이제 짐이 가득 실린 바구니를 장착한 자전거들 차지가 됐고 아스팔트는 꽃대와 잎줄기와 만발한 꽃이 솟아나는 통에 곳곳이 파열되었으며, 새하얗던 비행기 인도 선들도 어느새 파릇파릇 채색으로 물들어 햇살 아래 반짝인다.

에이미는 짧게 깎인 잔디밭에 자리를 잡고 앉아 봉투를 꺼낸다. 여닫는 단추에 감긴 붉은 실을 천천히 푼다.

작고 노란 나비 하나가 머리 위로 날아간다.

늘어놓은 사진들을 위에서 내려다보면 에이미와 조이의 어머니의 어머니가 만든 퀼트와 가장 닮았다. 반은 천 조각이나 자투리로, 반은 할아버지가 남긴 청색 군복으로 만든 퀼트의 네모난 조각 중에는 할아버지가 총상으로 돌아가신 날의 흔적인 가운데가 해진 조각도 있다. 에이미는 남자 친구에게 이런 이야기를 어떻게 꺼내면 좋을지, 겉으로 드러난 그 상처가 이 퀼트를 심지어 성스럽게 만들어 주고 있음을 어떻게 설명하면 좋을지 곰곰 생각하다가 문득, 아르헨티나에 퀼트와 유사한 게 있기나 한지, 이곳 베를린에는 퀼트가 있는지 궁금해진다.

어린 시절에 얽힌 이야기라도 다른 언어를 통해 말하면 털어놓기가 한결 수월한 편이지만, 그래도 에이미는 종종 이런 걸림돌을 맞닥뜨린다.

에이미가 내면의 어휘 목록을 뒤적일 동안 두 눈은 나열된 이미지를 좌우로 훑으며 각각의 위치를 확인한다. 이렇게 한 걸음 한 걸음 대충 순서대로 펼쳐 놓고 보니, 이 사진들이 일종의 길을 만들고 있음을 새삼 알겠다. 그것도 지금 이 순간이 아니면 영영 따라갈 수 없을 것만 같은, 언제 사라질지 모를 빵 부스러기로 만든 길인 양 시급하고 긴박한 느낌을 준다.

산들바람이 거세진다. 에이미는 부리나케 사진을 거두어 대강 순서대로 포갠다. 이어 첫 사진을 넘겨 뒤에 편지를 쓰기 시작한다. 처음에는 떨리던 펜이 차차 잠잠해진다.

무엇보다도 우리는 다른 이에게서 우리가 그토록
얻으려 드는 피난처이자 사랑하기로 선택한 이들에게
우리 스스로 되어 주는 안식처야.

**커다란 흰 꽃 한가운데 솟은 노란 가닥 틈에
곤충이 앉아 있고, 배경에는 빗물에 젖고 간혹
언저리가 찢긴 넓고 납작한 초록 잎들이 보이는 사진**


흰 철쭉 한 송이를 담은 사진. 꽃은 그늘에 반쯤 잠겼고 배경에는 철쭉 이외의 붉은 식물이 점점이 피어 있다. 팬지와 미역취, 퀸 앤스 레이스라고도 부르는 야생 당근을 담은 사진 몇 장. 사진을 보는 즉시 향기가 되살아나는 히아신스와 인디언 페인트브러쉬, 바이올렛, 붓꽃, 서양 톱풀, 참나리, 풀협죽도. 카메라를 향해 기울어진, 밀에 핀 소수상화. 꽃산딸나무의 구붓한 가지에 튼 새집.

조이가 거울에 비친 자기 두 눈을 마주 보고 있는 사진. 조이의 어깨 너머에 카메라로 얼굴을 가린 에이미가 서 있다.

고개 돌린 플라밍고의 깃털을 담은 사진. 길달리기새, 백로, 딱따구리, 멧새, 올빼미. 북미산 물떼새, 왜가리, 백조. 두루미, 칠면조, 공작새, 오리, 거위, 대륙검은지빠귀, 큰어치, 까마귀, 동고비, 핀치, 흰털발제비, 검은머리방울새, 솔개, 벌새, 매. 오클라호마주의 상징 새인 제비꼬리타이런트새. 압화처럼 책갈피에 끼워둔 여새 깃털 사진. 나란히 쪼그린 키릴 글자들을 보고 에이미는 무슨 책인지 한눈에 알아본다. 열세 살 때 아버지에게 선물받은 『닥터 지바고』. 아버지가 무슨 책인지 알고 준 건 아니고 아마도 에이미가 가장 좋아하는 글자를 ― 나비를 ― 알아봤던 거지 싶다.

카메라를 올려다보는 염소의 초상 사진. 에이미가 고등학교 2학년을 마치던 여름에 미네소타에 나타났던 제왕얼룩나비 떼를 찍은 수십 장의 사진. 공중을 나는 제왕부터 보송보송한 엉겅퀴 꽃봉오리에 앉은 엷은 보라 분홍빛 제왕까지. 제왕얼룩나비의 날개는 엷은 박엽지와 색유리를 닮았고, 뚜렷한 흰 점들은 윤슬처럼 반짝인다. 빗살이 후두두 내려앉은 호수 면을 바라보는 펠리컨 사진이 있고 거실 소파에 앉아 손에 키스를 담아 던지는 조이 사진이 있다. 가는 손가락에 은반지를 끼고 있다. 장미 덤불 옆에 쪼그려 앉아 장미 한 송이를 바라보는 조이 사진에서는, 맨살이 드러난 조이의 오른팔 아랫면을 따라 장미의 흐트러짐 없이 완벽한 윤곽이 그림자를 드리운다.

조이가 인도 위에서 폴짝폴짝 뛰는 사진, 조이가 햇살에 눈을 가리는 사진, 조이가 배를 깔고 얼굴을 하늘색 침구에 박고 잠든 사진, 제라늄에 들어간 호박벌의 초상, 회색 벽널에 들러붙은 검푸른 나방의 초상, 청청한 풀밭 한가운데 앉은 토끼 사진, 날카로운 갈고리 발톱 두 개와 뚱뚱한 타조 알 세 개를 향해 새 부리가 다가오는 사진, 귀를 쫑긋 세운 암컷 사슴의 초상, 강기슭에 놓인 녹슨 코카콜라 캔이 붉은색과 분홍색으로 바랜 사진, 회전목마 얼룩말의 초상, 캠프에서 검은 눈의 수전이라고도 불리는 루드베키아 꽃밭에 서 있는 조이의 초상, 갈색 나뭇잎 가운데서 연두색 줄기 하나가 솟아난 가운데 홀로 우뚝 서 있는 못생긴 아기 새의 초상, 다리를 막 다친 듯이 벤치에 발을 올리고 울상을 짓고 있는 조이의 초상과 에이미의 소녀 시절을 표상하는 더없이 둥글둥글한 글씨체로 기입한 날짜와 장소. 왈루힐리, 1995년 6월.

반짝이는 사진들을 세 열로 단정히 나누어 놓고서 에이미는 뒤로 성큼 물러선다. 균형도 완벽하고 구도와 배치도 아름답게 담아낸 사진들을 죽 훑으며 새삼 두 가지 사실을 깨닫는다. 첫째, 지금껏 자기가 찍은 사진이 전부 초상 사진이었다는 점, 그리고 둘째, 그 모든 초상이 결국은 조이의 초상이라는 점을.

**에이미가 찍은 사진이 모두 조이의 초상이 될 수 있었던 건 사진가의 의도가 — 비록 이제서야 그 의도를 알아차렸다 해도 — 한 번도 흔들리지 않은 덕이다**

에이미가 원하는 건, 에이미가 항상 원했던 바는 동생의 현재 모습을 영원히 포착해 고정하고, 동생을 담고, 절대 놓지 않으며 깨지지 않도록 그리하여 심지어 변하지 않도록 지켜 내는 것이다. 어떤 동물이나 새가, 나비나 꽃이, 어느 거리나 어느 차량, 어느 집이 에이미의 눈을 사로잡았건, 사실 그건 조이의 어떤 특징이나 요소를 상기시켰다는 오직 그 이유에서 애초 에이미의 눈을 사로잡았던 것이다. 분위기가, 모양이, 각도가, 시선의 성질이. 액션 샷이라 할 건 단 한 번도 없었던 셈이다. 그리고 에이미가 막힘없이 펼치는 반복적인 일련의 동작들, 왼손으로 카메라를 받든 채 행하는 그 몸놀림도 실은 언제나 변함없는 하나의 동일한 몸짓이다. 꼭꼭 밀봉해 버리려는, 시간을 물리치려는 시도로서의 품어 안음.

오 조이. 집을 앓는다는 말이 너를 그리워한다는 말과
같은 뜻이라면, 그럼 난 언제나 집을 앓아 왔다고
봐야 할 것 같아.

## 에이미가 편지를 다 썼을 때 지평선에는
## 아직 해가 나지막이 걸려 있다

거리로 다가서는데 트럭 한 대가 에이미 앞에 정차한다. 안테나엔 독일 국기가 걸리고 상록수색 차체에는 베를리너 필스너 로고가 붙은 트럭으로, 계기판 위에 주문 제작한 차량 번호판이 놓여 있다. 번호판에는 하필 SASCHA란 이름이 대문자 로마자로, C 하나가 덧붙은 채로 새겨져 있다.

　기차역으로 향하는 길에 에이미는 우체국에 잠시 들르고, 그렇게, 그리도 간단히 동생을 놓아 버린다.

　다음 날 아침 파리에서 에이미는 카페에 들어가 un café crème s'il vous plaît(카페 크렘 한 잔이요) 하고 주문을 한다. 크렘을 발음할 때 에이미는 행복하다. r을 굴리는 소리가 좋고 e에 붙은 뒤로 뜬 악상 부호가 작은 체조 선수라고 상상하는 게 즐겁다. 플레plaît의 i 위에 붙은 작은 지붕도.

　카페 크렘이 오자 에이미는 잔이 넘치기 직전까지 설탕을 넣는다. 굳이 바꾸려 든 적 없는 오래된 버릇이다. 잔을 들어 백설 봉우리 너머를 응시하는 사이, 거품의 둘레가 감지할 수 없을 정도로 미세하게 석으며 도자기 표면에서 분리되어 영롱한 갈회색으로 물들어 간다. 준비가 다 됐다 싶을 때 에이미는 접시 홈에 맞춰 잔을 돌려놓는다. 잔과 접시가 재회하는 소리가 만족스럽다.

귀에 이어폰을 꽂고 조이에게 전화를 건다.

조이가 아 언니구나, 안녕, 하고 둘이 대화한 지 수 개월이 아니라 고작 15분밖에 안 됐다는 듯이 전화를 받는다.

안녕, 에이미는 말하며 목을 가다듬고 어깨 힘을 푼다. 사샤가 만일 살아 있었으면 지금쯤 무슨 일을 하고 있었을까?

정적이 흐르고 에이미는 후회한다. 동생이 사샤가 만일을 하고 싶은 심정이 아닌 게 당연할 텐데 괜한 질문을 했다고. 그런데 조이가 대답을 한다. 시시껄렁한 일이었겠지 아마, 회계 일이나 가지치기라든가, 뭐 그런.

에이미는 너무 놀란 나머지 웃음 대신 콧방귀를 터뜨린다. 가지치기? 에이미가 되묻는다. 응, 왜 있잖아, 정원 가꾸고 돌보는 그런 일. 덤불 다듬기.

**에이미가 마지막으로 찍은 동생의 초상은
파리 퐁 데 자르 다리의 두툼한 투명 난간에 적힌
진분홍색 글자를 담은 사진이다**


에이미와 하비와 조이는 루브르 박물관에서 파리 좌안 방향으로 설렁설렁 걸음을 옮기는 중이다. 조이의 건강 상태는 이제 양호한 편이다. 통증은 늘 있고 여전히 간간이 작은 발작을 일으킬 때도 있어서, 그럴 때면 혈관을 타고 뱀처럼 뜨겁고 이상한 기운이 뻗친다고는 하지만. 일요일이고 여름이다. 물에 반사된 빛과 상 들이 센강을 따라 번뜩이며 흩어진다. 에이미는 뒤를 돌아보며 영어로 Wait(잠깐만), 하고 말하고는 다시 프랑스어로 바꾸어 말한다. J'ai juste une petite chose à faire(나 뭐 좀 할 게 있어).

　　조이와 하비가 발길을 멈추는 사이 에이미는 케이스에서 카메라를 꺼낸다. 왼손으로 몸체를 받든 후 숨을 깊이 들이쉬며 피사체를 살피고, 더없이 가벼운 손길로 셔터를 누른다.

## 감사의 말

맥신 스완의 변함없는 다정함과 우아함과 지혜로움이 아니었으면 이 프로젝트는 부분적으로도 이루어지지 못했을 겁니다.
    원고를 읽어 주고 책이 나오기까지의 기나긴 과정 내내 저를 지원해 준 다음 친구들에게 말로는 결코 표현하지 못할 감사를 전합니다. 스탠리 사이먼 빌, 앨리슨 브래들리, 진저 버스웰, 앨리 크리스티, 엘렌 엘리아스-부르사치, 로라 긴스버그, 콜린 잭슨, 빌 제이콥슨, 네이선 제퍼스, 멜리사 킷슨, 빌 마틴, 벤 메리먼, 캐롤린 퍼넬, 엘리자베스 로스.
    리사 우베라케르 안드라데의 빛나는 통찰력은 이 책도 제 삶도 한결같이 풍요롭게 해 주었습니다.
    참을성 많으며 거침없는 재능을 지닌 제 삶의 동반자 보리스 드라류크가 용감하고 멋진 신세계로 에이미를 격려하는 예브게니 옙투셴코의 시를 번역해 주었습니다. 보리스는 한결같은 용기와 균형 잡힌 시각을 저와 나누고, 저에게 집이라는 비범한 행복을 주었습니다.
    가족의 무조건적인 격려에 감사하며, 미클로스와 귤라

고시토니이, 그리고 노라 인수아의 격려에도 감사드려요.

병원에 있을 때 병문안을 와 주고 늘 친절을 베풀어 준 제 형제 제이에게 감사를 전합니다.

저와 제 동생 앤 마리의 사진 중 일부와 앤 마리의 갓난아기 시절 사진은 저희 어머니 로리 크로프트가 찍었습니다. 이 책의 앞부분("또는 어디로 가는 단어일지가?", 31쪽)에 삽입된 가위로 오린 글자는 미국 예술가 제프리 미첼의 작품입니다.

무엇을 시도하건 그에 앞서 항상 머리를 맞대 주는 코린 탁티리스 없이는 그 오랜 세월을 어떻게 헤쳐 왔을지 상상도 되지 않습니다.

제 멘토들, 특히 털사 대학교의 라스 엥글과 노스웨스턴 대학교의 클레어 캐버나와 새뮤얼 웨버에게 감사드립니다.

공간과 시간과 영감을 제공해 제가 날개를 펼칠 수 있게 해 준 맥도웰 콜로니 작가 레지던시 프로그램에 감사를 표합니다.

에이전트 케이티 그림은 이 책의 가장 참된 친구이자 지칠 줄 모르는 지지자였습니다. 편집자 올리비아 테일러 스미스의 용기와 넓은 아량에, 영문판 『Homesick』이 이 세계에서 제자리를 찾을 수 있도록 도와준 데 영원히 감사드립니다.

『Homesick』의 뮤즈 에이딴 후뚜로에게도 감사의 말을 전합니다.

## 집앓이

| | |
|---|---|
| 초판 1쇄 펴냄 | 2022년 7월 31일 |

| | |
|---|---|
| 지은이 | 제니퍼 크로프트 |
| 옮긴이 | 이예원 |

| | |
|---|---|
| 펴낸곳 | 풍월당 |
| 출판등록 | 2017년 2월 28일 제2017-000089호 |
| 주소 | [06018] 서울시 강남구 도산대로53길 39, 4,5층 |
| 전화 | 02-512-1466 |
| 팩스 | 02-540-2208 |
| 홈페이지 | www.pungwoldang.kr |

만든사람들
| | |
|---|---|
| 편집 | 황유정 이예원 |
| 디자인 | 정승현 |

ISBN 979-11-89346-36-2  03840

이 책의 내용을 이용하려면 반드시 저작권자와 풍월당의 동의를 받아야 합니다.

**밤의책**은 내밀하고 깊은 읽기를 위한
풍월당의 작은 브랜드입니다.